Back to
land ,

back to
your heart

蔺桃
/ 著

三十岁，回乡去

人民东方出版传媒

东方出版社

新晴原野旷，极目无氛垢。

郭门临渡头，村树连溪口。

白水明田外，碧峰出山后。

农月无闲人，倾家事南亩。

——（唐）王维《新晴野望》

目录　contents

序 言

第一篇

从明天起，关心粮食和蔬菜

第二篇

给每一条河每一座山取一个温暖的名字

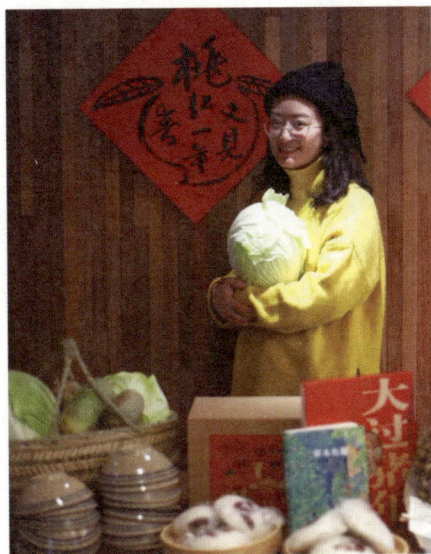

第三篇

最好的东西都不是独来的，它伴了所有的东西同来

序一 |

人生道　归乡路

偶尔有花开错了季节，美丽且孤独；不断有人走对了村路，收成亦付出。

蔺桃这本新书《三十岁，回乡去》，告诉我们有一批年轻人在而立之年，回归乡村，立于土地，尊重内心，成就别样人生。

我和蔺桃、蔺桃的先生黄庆明，曾是杭州媒体的同事，同在一个屋檐下、同处一间办公室；蔺桃到台湾读硕、庆明赴美国读博，我作为业界人士，都曾修书推荐。蔺桃本科四年学的是新闻学，2011 年辞去媒体工作飞赴台湾，读了三年研究生，人生道路由此有了很大的改变。彼时她一边学习，一边采访写作，在台湾与同仁合著出版《陆生元年》；学成归来后，她又出版了《藏在小日子里的慢调台湾》，别样的题材、别致的人和事，总是让人喜欢。如今又一本特别的"回乡"之书呈现在读者眼前，一定会让很多人欣喜。

这里是 20 位返乡青年的故事，他们人生的创业之路充满了"烟火气"。因为他们从此关心粮食和蔬菜，因为他们能够给每一条河每一座山取一个温暖的名字，因为他们可以在广阔的天地山水间创造更多最美好的东西。这里有周华诚的"父亲的水稻田"，这里有桃二的自家茶园，这里有陈统奎的家乡荔枝，这里有陈茹萍在森林里搭盖的家，这里有刘璇在西藏建造的森林学校，这里有许著华的乡村文创，这里有夏莉莉的下乡养儿，这里有吴志轩、蔡舒翔、王大欣、王求安返璞归真的村建……

家园是让人安顿心灵的地方。城市让生活更美好，美好之后又发现，乡村让生活更更美好。蔺桃 2014 年毕业离台前夕，因为内心的冲动，去寻访了一批"变革台湾社会的年轻人"，在宜兰、台中和台南的乡村社区，采访到了好多位返乡的青壮年，她被他们深深触动了；隔年蔺桃女儿降生，随后在孩子四个月大的时候，随着先生一起赴美；她一边带孩子，一边在学校宿舍旁边耕种一块菜地，开始了和来自世界各地的朋友们"共耕共食"的生活。

美国的优秀记者，有一个最大的愿望，那就是写着写着变成作家。蔺桃找到了自己的方向，也在向作家转型；而且她有在海峡两岸以及在美国学习和生活的经验，对美丽乡村、新型农人、可持续农业特别感兴趣——那么，方向和道路对了，就不怕筚路蓝缕了，相信终归能够以启山林。

《三十岁，回乡去》中的人物，他们其实在城里都干得不错，能力、经验、兴趣和向往，让他们回到乡村，在绿水青山之间"天开图画"。从望乡到回乡，这是社会发展进步的必然结果。进城和回乡是大不同的，就方向和心态而言，一是漫漫上城路，一是浪漫归乡路。说漫漫，那是因为需要进城打工脱贫奔小康；说浪漫，那是因为兴趣和趋势使然。如今我们清晰地知道，中国是一个人口众多的发展中国家，我们人均年可支配收入大约是 3 万元，但是有 6 亿人每月的收入在 1000 元左右。悠悠万事，民生为要。在城镇化过程中，大部分人先要到城里干活儿谋生；而把国家建设得更美丽，是一种家国情怀，需要更深更真的改革，需要更多更大的开放，而不是关起门来搞发展、回到狭义的"农耕时代"。

然而，美丽中国的构建，离不开美丽乡村的建设。城市与乡村的交融，应该是人类社会发展的正常态。城市需要"烟火气"，乡村更少不了"烟火气"，无论是否有"袅袅炊烟"，都需要活化。台湾音乐人李双泽作词作曲的《美丽岛》，最后一句歌词让我深为感动："我们这里有无穷的生命、水牛、稻米、香蕉、玉兰花。"这里生命的意象，那么美丽美好，无不出自生机勃勃的田野乡村。

返回乡村，可做的事情当然不仅仅是种稻米、收麦子。我读蔺桃《三十岁，回乡去》一书，一些我所知所感的人和事也不断地在脑海里冒出：在浙江杭州富阳区一个山坳里，原来的养鸡场，被一批城里来的公益人士改造成看花开岭公益村，他们致力于乡建和乡村儿童联合公益；在浙江的莫干山脚下，文化人朱锦东远道而来，在这里开了家"莫干山居图"民宿，是全球率先建成的图书馆精品民宿，成为作家创作基地，那顶天立地的巨大书墙让人震撼，声名远扬；粉丝无数的"网红"李子柒，她从城市返回乡村，成为"田园精灵"，她既拍摄视频展现浪漫悠然的乡村田园生活，又通过网络销售乡村美食；而在日本的乡村越后妻有（哦，这个名字有特色），北川富朗回归乡村用艺术唤醒大地，成功探索出一条活化乡村之路……

反哺乡村不是施舍，而是另一种生产和生活方式。这在《三十岁，回乡去》一书中有充分的呈现。读蔺桃这本书，我深切感受到的是书中所呈现的五个"言之有"：

一是言之有人。写人物的文章，不一定都能做到"言之有人"，而蔺桃是把人物放在心中写的，人物就被写活了。比如开篇所写的"父亲的水稻田"里的周华诚，他是我的前同事、青年作家，我和蔺桃早已熟悉他，华诚君放弃了报馆的职务，不仅下田种稻米，而且观察和写作稻米；30多岁的他，在稻田里找回了自我，找到了自由。他写了诸多与稻田、与山村相关的文字，结集出版了《下田》《草木滋味》《草木光阴》等书，那是"有生活、接地气、有品质感的文字"。我曾感慨于周华诚的

"父亲的水稻田"，写了一首诗《稻可稻》（收在我的诗集《相思的卡片》中），其中有这样的句子："原是'替天行稻'于红尘／春心一骑／便与春工春吹醒／一路声波荡漾／望春风。"《三十岁，回乡去》中的人物，个个都是那么鲜活可人，令人难以忘却。

二是言之有情。情，是共情，是情怀。杨阳是在上海奋斗过的云南女孩，她回到昆明工作后，在公司开始接触公益；她想过上一种知行合一的生活，就去泰国的生态农场打工学习，开始探索生命本质。2018年，她搬进昆明大墨雨村——一个以永续生活为目标的新乡村社区。她学习并实践朴门农业，恢复土壤活力，构建生机勃勃的生态系统；她35岁第一次扛起锄头，带领一批人开垦果园，种植森林食物。"只有自己内心真正转变了，身边的环境才会改变。"她的这句话，相信会引起不少读者的共情和共鸣。返璞归真的新田园生活，不只是疗愈地球，更疗愈人心。

三是言之有物。蔺桃的文章都通过扎实的采访而得，内容丰富、言之有物，有的细节让人尤为难忘。书中的桃二，辞职回到杭州富阳自家的茶园，和父亲一起做龙井茶。"制作礼盒是一个随机创造的过程，比如她会在里头偷偷放两颗松果、一个院子里刚摘下的柚子、一只私藏的手工杯，甚至只是用山上剪下的树藤来裹一个茶包……"这些细节，是桃二的心思和诚意，也是她表达自我的一种创作方式，蔺桃则细腻地写出了她的"茶礼美学"。"快乐酒，慢乐茶。"与《藏在小日子里的慢调台湾》一样，读《三十岁，回乡去》一书，亦是一种"悠然见南山"般的"慢乐"。

四是言之有识。蔺桃笔下的陈统奎，本是海南岛走出的穷小子，在南京、上海奋斗多年，曾做过《南风窗》的高级记者。因2009年一次台湾采访，了解到社区营造改变家乡；于是他帮助家乡修路、盖水塔、建立灌溉机井，弥补当地火山土壤不利种植的缺点，使得当地农民荔枝、蔬菜得以丰收。多年来他往返上海和海南两地，致力于打造家乡"火山村荔枝"品牌——是的，我在杭州也吃到过不少海南的"火山村荔枝"。陈统奎的见识不凡，识见更深刻，他说："几乎所有的进步都来自偶然的灵感，方向对了，很多事就会水到渠成。"这说得极妙，而"偶然的灵感"，又何尝不是来自自然的灵感呢？

五是言之有文。蔺桃用她的文笔，写出的是"美丽"，是"乡愁"，而不是"哀愁"。这里的文字，有高度、有温度、有醇度、有鲜度，清新可人。她写林小熏，一开始是一句"林小熏一直很喜欢一张照片"，接着写："夏日湿润的黄昏，她着长裙，和几位友人走路去参加安徽黄山脚下的碧山精酿啤酒节。身侧是稻田和矮树，道路那头是层叠的群山。几人背影，信步从容……"然后再另起一段写道："归，回家。第一次到访碧山，她就有回到家乡的亲切感。带着都市人的一身紧绷来到村里，她说自己就像茶叶泡进开水里，整个舒展开来。"寥寥几笔，就写活了人和乡村以及两者和谐相融的关系。可谓"文章文章，有文能成章"。

在《三十岁，回乡去》中，我们看得见山、望得见水、记得住乡愁；我们能深切感受到"绿水青山就是金山银山"，而绿水青山更是回乡青年们的金山银山，物质和精神的双重的金山银山。

英国哲学家阿瑟·赫尔普斯曾说："推动世界这部水车运转的水浪，发源于人迹罕至的地方。"那人迹罕至之处，一定是山林深处，是林中水滴折射太阳光芒的地方。

人生道，归乡路。因为热爱乡村，因为热爱土地，到哪里都是双脚接地气，到哪里都可以成为不带地图的旅人，因为脚下的土地都是一样美好的。

徐迅雷

于 2020 年 6 月 10 日

序二 |

田园，地球的头等舱

桃子返乡念头的发生地竟与我乡建发念地是同一个地方：台湾宜兰。

2012 年 6 月间，我带着《新周刊》全体员工去台湾旅游兼采访，带回了两个专题：一个是轰动两岸的、《新周刊》的封面报道《台湾，最美的风景是人》；一个是影响业界的、旗下《香格里拉》的封面报道《去台湾住民宿》。

那是我第一次住民宿，住的是宜兰庄围的张宅。

女主人热情健谈，带我骑车看海，又带我去老街吃古早味。在我惊奇她的院落审美大不同于普通农家时，女主人得意道："我家可是获过设计奖的建筑师作品呢。"

张宅建在自家稻田边上，晚上蛙声一片。我就是在那蛙声中起念要去乡间盖个自己的院子，这念头也催生了我对乡建的持续关注，直至亲身在大理凤羽践行"软乡村、酷农业、融艺术、慢生活"的理念。

"三十岁，回乡去"，其实可以更直接地叫"三十而退"。

很长一段时间，我的身上都贴着一个标签：新锐。因为我 1996 年创办了一本叫《新周刊》的杂志，这本杂志的自我定位就是"中国最新锐的时事生活周刊"。杂志每年还颁发一个"新锐榜"，用来发现新锐，命名新锐以及表彰、推广新锐。

但现在我若被提及，却是因为另一个标签：退步。

五年前，也就是 2015 年的 6 月 18 日，我裸辞了我创办和主编了 19 年的《新周刊》，退出城市，进山了；退出媒体，种地去了。我在大理苍山背后、洱海源头的凤羽坝子盖了一个院子，叫退步堂。

生活方式的演变，一直是我做杂志时观察报道的主线，有些封面专题就是我个人思考的投射，比如《找个地方躲起来》《急之国》《给我生活，地方随便》等等，甚至"生活家"这个词也是我发明并用一期专刊推广出去的。

很长一段时间，对于高强度、快节奏城市生活的疲于应付和厌倦，让我在想：生命不止向前一个方向，还应该向左向右，向上；生命不应该只有长度的考量，还要有宽度、高度的考量。

想慢下来、想停下来，可停在哪儿？

当我在台湾、日本乡村采访，特别是采访了大地艺术的鼻祖北川富朗后，我就想：我能在中国找到这样一个"干净、美丽，又不那么容易到达"的地方吗？

终于，我发现了凤羽。

这是 400 年前徐霞客来过、流连了七天并赞为桃花源的地方，也是白族人的祖居地。它在古代是个湖泊，慢慢变成了一个方圆百多公里的小盆地、小坝子，是苍山最北端余脉和洱海源头交会的地方。

进到凤羽的第一天，我就暗自盘算——这里可以做成中国最大的露天美术馆啊！这里山干净、水干净、空气干净、风土人情干净，一定会出最干净的物产啊……我就跟我现在的合伙人、当时大理古城银行行长说：有地吗？我想盖个院子。

我的合伙人后来跟我说，当时他完全想不明白，这个他千辛万苦要走出去的小山村，怎么会有大主编来盖院子呢？他当然更想不明白我对凤羽坝子的想象。

他不明白，可我的朋友们明白。当我请杨丽萍的妹夫、土生土长的白族设计师八旬盖好院子，我的各路朋友就纷纷来山里看我。我的好朋友、歌手李健更是一年内来三次、一住一星期。他说，慢是最奢侈的。老封你又走在前面了。李健走时还放下一笔钱，说老封你先用着，我们等着你监制我们的慢生活呢!

就用这笔钱，我去流转了一个完全废弃的只剩下残垣断壁的白族古村落和一千多亩山地。我想把这些残垣断壁都留下来，请国内外设计师用"嵌入，渐入，融入"的方式建一个乡愁公园，或者一个废墟里的图书馆、美术馆和精品酒店。

我不急，但我的合伙人急。他银行出身，老想见到现金流。有回我出差广州回来，发现他居然修了条笔直的路通向村口，他这是想弄农家乐呀! 气得我暴跳如雷，满山坡追打他。后来朋友们笑说：你这是上演了罕见的董事长追打总经理的一幕啊。我女儿听说后特别担心我的暴脾气，我回应说，你低估了我对这些山水的感情，也低估了我和这些白族兄弟的感情。

记得央视财经频道来采访，问我一个问题：失败了会怎样? 我答：总会有一双筷子吧。我的意思是，我已经匍匐在地了，已经是村民的一员了，有什么可失败的呢?

一个闯入者怎么变成一个融入者? 只有爱和耐心。

古村落流转到手有五年了，我只在里面做了个星空餐厅，也许一年只做十几桌，但都是对准京沪穗的高净值人群来推广凤羽的高净值食材。

　　还有，要把凤羽坝子变成露天美术馆、大地艺术谷，作品在哪里？我当然认识很多艺术家，可你得买人家的作品啊。比如，我在北京一个画廊看中了一匹玻璃钢的雕塑马，一问价，打折还 70 万元。买不起！

　　我就找到了我的一个会做手工艺品的当地员工周正昌，给了他一些图，结果一个月就用钢筋焊出了一匹马。我说再给我弄八匹，三个月后，八匹神态各异的马出来了——他完全不用草图直接焊。

　　当地县委书记看了，说，我把退耕还湿的最好一片水面给你！于是，这个名为《白驹过隙》的作品一下子成网红了！最有意思的是，那座山刚好叫天马山，山下刚好有八个村庄。

　　21 世纪什么最值钱？标准答案好像是人才。不，是创意。

　　为了争取凯迪拉克新车发布能来，我在设计师八旬闲置在山坡上的工作室的屋顶种上了水稻，把它变成了空中稻田剧场。结果，凯迪拉克来了。等收割时我们又做了个凤羽白米丰收节，让孩子们、乐手们上去表演。而那些长在空中，被艺术赋能的仅有 700 斤的"七分米"也跟着成了网红米，一斤卖 299 块。

　　而废弃的中学，也被我改造成"白米仓青年文创空间"——学校共三层，我就用"WWW"来展开——二楼是 WHEN，三楼是 WHERE，一楼和天台是 WHAT。

我就这么在凤羽慢着，玩儿着，一不留神，还弄出了四个网红地——白驹过隙、空中稻田剧场、白米仓和星空餐厅。

2019 年，亚洲最大财团日本世川财团理事长大野修一先生来凤羽考察，他对我这种在大地上编杂志的乡建思路很欣赏，甚至跟大理州委书记说，他去过世界 100 多个国家和地区，单个的文旅、大地艺术和物产的成功案例很多，但把它们打通来做的还没有，他要带日本方面的人来凤羽学习交流。

你看，乡村振兴的凤羽模式也呼之欲出了。

如今我每年差不多一半的时间都在凤羽。从一个院子开始，通过物产、通过艺术、通过文创，我所倡导的"软乡村、酷农业、融艺术、慢生活"的图景，正在凤羽坝子徐徐展开。所以我的朋友就跟我开玩笑说，老封你原来是躲在退步堂里的野心家呀。

没错，其实我从来没有离开过媒体，很多传统媒体的朋友都去做新媒体了，我就说，你们玩新媒体，我玩山水媒体、空间媒体。在万物皆媒体的时代，我所在的凤羽坝子和我在这里的生活，一样传递着我的价值观和生活理念。

最近，我在朋友圈里发的一句话，颇引起了大家的共鸣，这句话是：田园，地球的头等舱。这意思就是提醒大家：那些千篇一律的城市生活，早已变成了人生的经济舱或廉价航班。而田园既是人类的故乡，更是生

命质量的头等舱。事实上，回归自然是人的天性，每个人心中都有一个

退步堂。

　　怎么形容我在凤羽的状态呢？

　　以诗为证吧——

　　城里的大街上拥挤着相互排斥的欲望

　　只有凤羽懒洋洋的阳光

　　让我不跟谁商量

　　就这么逗留在世上

《新周刊》创办人

退步堂堂主

封新城

于 2020 年 6 月 11 日

自序 |

专注当下，知行合一，身土不二

那是我们到美国的第三年，在我的英语课堂上，每次照例有一个讨论题。那天的题目是，"有没有一个梦想，藏在你的心里，希望以后有机会可以实现？"

我想了一下，第一个作答。"我希望有朝一日，能够回到乡村。以一种有创意的方式，回到一个有传统的地方。虽然现在我走得离家乡越来越远，但是我很幸运地开始在这个小城种菜。如果一直坚持，也许有一天真的能够回归土地。"

我是一个湖南乡下长大的孩子。在我幼年时，常跟着父亲巡田，放水。他不需要我帮忙，只需要我在旁边陪着他就好。我幼时内向，喜欢盯着花花草草发呆幻想。跟人吵架，气不过，也只能躲在瓜棚下哭。种田的辛苦、种菜拔草的累，我也从小就知道，常常找各种借口逃避体力劳动，爸妈看我都在看书学习，也就不再要求。

我白白净净地从乡下中学毕业，进入县城的省重点中学，又考上了省城的大学。然后再去另外一座又一座城市，做记者，写文章。

认识了我先生以后，跟他聊起童年，才发现我的童年相当无聊，除了读书、看动画片，一点儿乡下小孩该有的娱乐都没有过。我逃避着劳动，也逃避着乡村生活无法复制的快乐。他带着同龄或更小的孩子，一阵风一样干完农活，在田里玩大富翁游戏，学打拳，插秧；收割季节，男孩和父辈们在农耕间歇吃井水镇西瓜、吃冰绿豆粥的畅快，我通通都没有过。

关于田园，我很少歌颂。我太清楚自己是个四体不勤、五谷不分的书呆子，一直以来，也没有对这种评断有过反感。

直到 2011 年，我辞去在杭州媒体的工作，赴台湾求学。念的是政治与经济学，收获却全然不在学业。我学着喝咖啡、逛书店、看画展、看戏、听 Live 音乐表演，用极少的经费体验丰富的精神生活。

多留心就能发现，在我国台湾土地、农村，跟那些看起来洋气的载体，融合得非常好。云门舞集的舞者每年都会在池上县的农田里表演；纪录片导演把镜头对准了宜兰、苗栗乡下的农民；原住民的歌手在展演馆唱着牛背上的歌；台北闹市，居然有书店门口种着一块田；在乡下小路旁，还有一间卖菜卖书的店……

乡土，在台湾被叫作在地、根。文学、艺术、政治，都需要回到这个根上，落在地里。这种思维，完全冲击了我过往 20 多年，农村与城市的截然二分法。我搜集了一个又一个返乡、回归农村或传统的人物故事，却只敢留在网页收藏夹里，一直到 2014 年，我要毕业。读研三年，曾经以为漫长难熬，没想到一转眼就只剩下一个月。按照规定，毕业后的一个月内，我们就必须离开台湾。

6 月初，写完论文初稿后的当夜，我辗转难眠，于是写下一份"寻找变革台湾社会的年轻人"众筹文案，发在我的微信公众号"台湾私人订制"上。第二天一早发出去，我就出去玩了，一直到深夜才回家。因为手机没有买流量，回到宿舍连上 Wi-Fi，就看到信息一条条蹦进来。我的朋友、读者，比我还要激动、兴奋，大家都没有见过这样的故事：在日本念了硕士回来却去当了一个农夫，还开创了一种共同购买的俱乐部模式，支持自己返乡也连接起了城市消费者；一个毫无特色的村庄，因为一群艺术大学学生的进驻，长年坚持后，这个村子成了一座活的美术馆……

离台前一个月，我趁着修改论文，准备毕业答辩的空闲时间，去宜兰、台中、台南采访了五个跟农村、农业有关的新型团体和个人。从台湾回来后，我去了几个农企求职，最后还是做回了记者。返乡、做点跟农村

◎我希望有朝一日，能够回到乡村。以一种有创意的方式，回到一个有传统的地方

农业有关的事，这样的想法在心里留存了下来。我努力地搜寻着与台湾青农、返乡青年类似气质的人物故事，也因为工作缘故，采访到了好几位。仅仅是因为有同样想法的人存在，并付诸行动，就让我觉得激动且幸福。

这一年，我有了自己的孩子。先生在孩子出生一小时后，收到了美国佛罗里达大学的录取通知。这是他多年的夙愿，终于在 30 岁前达成。我在台湾的三年，是靠着他的支撑才顺利度过的，因而他的志愿，我想全力支持。

尽管我曾经设想也接触过杭州和泉州（先生老家）的相关农企，但是最终，我们俩还是选择了一条与返乡看似截然相反的路，只为了在年轻的时候，出来见见世面，长点本事。第一年，异乡求学、育儿，我俩都是新手，忙、累自不用说。撑过第一年，回国过暑假、做研究。我们带孩子回了一趟台湾，重访两年前采访过的那些村庄。

我们一岁两个月大的女儿在宜兰的溪涧里蹚水追虾，住在台中郊区用泥土和竹子建的自然建筑里，坐在台南土沟村的田埂边专注地玩着一根野草……我忽然明白，这是我想给她的童年，也是我自己未来想过的日子。

返回美国，极其有缘，我们住进了佛罗里达大学爱丽丝湖边的社区。旁边有两块菜地，一块是学生们的学习农园，我偶尔会去做采摘志愿者。另一块是农林混种的多族群生态林地，成了我的梦想之地。我们和邻居们一起种菜，一起劳作。每个周五或周六，是我们共耕共食的日子。我们的孩子在这里第一次吃到了甘蔗、柿子、枇杷、桑葚，还是直接从树上新鲜采摘下来的。她和小伙伴们在林间捉迷藏，跟我们一起拔草、种西红柿和各种时令蔬果。马来西亚的邻居用刀裁下一块香蕉叶，把饭菜铺在上面。几个一到五岁的孩子，用手抓着食物欢快地往嘴里送——他们全都是自然的孩子。

只是，不去菜地的日子，我仍然会感觉到身处异乡的孤独与漂泊；作为知识女性，全职妈妈的生活时常让我觉得人生毫无意义；经济紧张，财政不独立，也时不时引爆家庭矛盾。2018 年 1 月，女儿去了幼儿园，我终于有大段时间写作，处理内心的惶惑，扪心自问："一家三口，晴耕雨读，我过的就是想过的日子，为什么却还是不开心？"

◎女儿和爸爸种洋葱，给她一个亲近土地、体验农事的童年

◎每一个周五或周六，是我们和邻居共耕共食的日子

这一年我30岁，焦虑、迷茫持续了一整年，像是给自己套了个紧箍，看不到前路，找不到缓释的办法，也不知道该做出怎样的人生选择，才不至于日后后悔。就像几年前的那个6月的夜晚一样，辗转难眠，我做了一个采访"30岁返乡"群体的计划，希望借由访谈他人，重新找回自己面对生活的勇气和智慧。

虽然身在美国，但我始终通过社交媒体关注着一个个返乡青年。他们多半是我的朋友，有一些是遥遥关注公号却没有机会直接对谈的人。巧的是，他们中的大多数也是在30岁前后做出了返乡的选择。这个采访计划，得到了我一直关注的"乡愁经济"的支持。这本书从2018年六月持续写到 2020 年一月。与我曾经写的新闻稿不一样，这一系列的文章，更写实地描述了他们面对的源自内心或实际的困境，还有做出选择的心路历程。

采访到中期，我渐渐不再焦虑。虽然暂时仍住在美国，他们带给我的启示是：无论在何种处境下，"返乡"都是从自己实际需求出发，不耽于过去，不惧怕未来，专注于当下，知行合一，身土不二。

30 岁回到乡村，这个乡可以是生养己身的村庄，也可以是心之所向的第二故乡，甚至只是内心认同的乡村传统。返乡，不是一头热血的野蛮冲动，而是深思熟虑后仍然坚定的选择。这些选择里，蕴含着如何在乡下生存生活的创意，甚至盘活村庄、逆转农村主体性的可能。

出版本书，我感觉离自己的"返乡梦"又稍稍近了一步。感谢所有祖露内心接受我采访的返乡青年们，还有无私提供照片的他们的朋友，比如大墨雨村的月明和 Max、卢太周的朋友周文良，有了你们，这本书更加完整和丰富。众力和合，总有一天，我们每个人都能找到自己的回乡之路。

蔺桃

于 2020 年 5 月 28 日

第一篇

从明天起，关心粮食和蔬菜

水稻田

周华诚 |

从作家到"父亲的水稻田"，还可以这样做农民

回老家种了一年水稻田后，周华诚辞职了。

他原是浙江杭州一家党报副刊的首席编辑，同时是一位出版了10多本书的作家、摄影师。

2013年底，他在深夜辗转中，构思了一份"父亲的水稻田"众筹文案：花一年时间，全程记录父亲在衢州老家用古法种植生态水稻的过程，让更多的城市人"一起见证从一粒种子到一捧大米的过程"。

原本这是一件为父母、为村庄而做的事，想不到收获最大的却是他自己。踩在稻田中央，他感到前所未有的自由。躬身耕种的间隙，抬头看见稻叶上的露珠、飞舞的蜻蜓，内心澄澈得近乎透明，佛家所说的修行，大概就是这样的状态吧。

回杭州后，他开始思考现有工作的意义。36 岁的他觉察，是时候选择一种自己想要的生活了。

最后的农民

作为家中长子，周华诚从童年开始就和父母一起在田间劳作。少年时，他最害怕暑假的来临。大热天里，一家人要赶在几天里，完成早稻的收割、脱粒、翻晒，还要再翻耕一次稻田，种上下一季晚稻。汗水糊住眼睛，手快要不听使唤，这个时候就是父母教育孩子的最佳时机："不好好读书，以后一辈子都要这么辛苦。"周华诚说，他们这一代都是以逃离农村为目标。

每年过年，是浙江衢州常山县五联村溪口自然村最热闹的时候。三五天内，在外工作、打工的年轻人，从全国各地回到村庄，串串亲戚、聊聊近况。年后，又是三五天，他们像潮水落回原来工作的城市，哪怕是近在咫尺的衢州市。

周华诚就是在过年的闹哄里，发现"田园将芜"。年轻人，会读书的在城里找了工作、安了家；不会读书的，把孩子留在老家，小两口一块去打工，一年难得回来一两次。留在村里的，除了老人，就是小孩。

老人们也没有在安心务农，田地里的劳作无法换来应得的回报，他

像父亲这样，
一辈子做个农民。

们只好把土地租给农业大户，拿着租金也像城里人一样买粮食吃。街头商店里，一天到晚攒动着人头，赌博之风侵蚀了这个原本淳朴的村庄。一位老人耽于其中，六七岁的孙子从商店里跑到门前马路上玩，被过路的大卡车碾去了一只胳膊。在外打工的儿子、儿媳，带着孩子离开乡村，一去不回。懊恼的老人在那年喝下农药自杀。

"我父亲这一代农民，都有这种沉重的失败感。"可是他们无法逃离农村，土地是他们的根。周华诚曾要求父亲跟他一起到杭州生活，父亲总是待个几天就回去了。拿起锄头到地里刨刨掘掘，他才安心。

有个周末，周华诚回乡探望父母，赶周一大早回杭州上班。父亲从地里拔起了刚下过霜的青菜、萝卜，一人一袋送给他的同事。当晚一条条信息进来，"好多年没有吃过这么水灵的萝卜、这么甜的青菜了"。周华诚意识到，城里同事对乡下有块地的期待，原来这么简单——可以吃到真正放心、有原味的食物。

乡下的好山好水好食物，在父亲眼里是拿不出手的低贱品，对城里人来说是稀缺资源。怎样把农村的好东西分享出去，让农民可以重新认识到自己的价值，找回自豪感，成了"父亲的水稻田"众筹项目的初衷。

找回农民的自豪感

为了记录"父亲的水稻田"古法犁田，父亲骑着摩托车，载着周华诚跑遍了整个村庄，才找到了一头耕牛。曾经这个村里有六七十头牛，就在前一年冬天，曾上过县电视台的犁田好手应中良卖掉了四头耕牛，扔下了从 18 岁起就扶起的犁铧。

即便犁田的价格从最早的 8 元一亩，涨到 2013 年的 240 元一亩，靠犁田还是赚不到钱，年轻一点的犁田佬宁愿去附近的建筑工地做临时工挑沙子，一天也能赚 130 元。这些年来，种子、化肥、农药的价格都在涨，唯独米价不涨。"谁还种田谁就是傻瓜，"周华诚说，"父亲和我聊过，不用五年，就没有人种田，也没有人会种田了。"

"挽留最后的农耕"，不只是让每一道农艺工序可以完整地呈现在网上，周华诚邀请了参与众筹项目的网友们，一起到父亲的水稻田里，参与插秧、耘田、收割，这三个重要的农事。6 月插秧那天，从杭州、衢州开去了二三十辆小轿车，停满了整个乡道。其中一个妈妈说："我 8 岁的女儿从来没有下过田，一直以为米是超市生产出来的。"年轻的父母一脚踩进泥田，俯下身去感受久违的土地气息。孩子吊在爸爸脖子上，哭着不肯下田，等到收割时再来就敢在田里奔跑、拾穗了。到了 10 月，新碾的白米装进布袋，快递到当初支持他的网友们手里，那一头传来惊喜："是的，这就是小时候的米的味道！"

"父亲的水稻田"连接起了曾经断裂的城市和乡村，也让周华诚更加理解了父亲。2014年夏天对城市人来说是个难得的凉夏，电话那头的父亲却一声长叹："这会儿正是大肚、抽穗的关键时节，天气如果不热起来，水稻的收成可就不好了。"和父亲同种一片田，和他一样焦虑于天晴阴雨，让周华诚理解了千年来农民的思维方式。

为了时时分享，周华诚给父亲买来智能手机，教他学会用微信，微信名就叫"稻田大学校长"，每发一张照片，都会引来朋友们的点赞、请教，60岁的老父亲对着儿子乐呵呵地说："这么没名堂的事居然让你做成了。"

◎年轻的父母带孩子一起下田插秧，感受久违的土地气息

稻田里长出的新可能

周华诚也没有想到，这件事居然能做四五年，甚至可能一直做下去。

第二年开始，就不断有错过前一年农事的人来问，今年什么时候插秧。稻子刚种下去就有人问，什么时候可以来割稻。田里面看来有无穷乐事。

返乡种田，近乎理想主义的事吸引了类似气质的人。从2014年开始，"父亲的水稻田"每年都有约120位稻友固定支持，他们来自全国各地，其中大部分来自浙江周边，有警察、医生、护士、老师、画家、诗人、摄影师。除了预购周父四亩地的稻谷，他们还把自己的梦想也种进了这块田里。

摄影师把自己的作品夹在成熟的稻穗上，完成了名副其实的"稻田里的摄影展"；画家和爱画的孩子，坐在田埂上画山、画田，画躬身收割的农人；2016年10月，五六十位稻友，甚至在农田里做了一场名为"时间"的行为艺术。一人一把镰刀，割完稻田中央最后600棵水稻。镰刀割过稻秆的震颤，风吹过稻叶的细响，水稻从直立到躺倒再到脱粒，在充满仪式感的收割里，时间的流逝变得清晰而有意义。整个过程用时58分钟，每个参与的人都有不同的感受。唯一共同的也许是，当年底总结时，发觉有一个小时是被自己珍视着度过的。

◎对周华诚的父亲而言，土地是他的根

除了线下的聚会，他们还有一个活跃的稻友微信群，在这里，每个人自在地展现自己独特的一面。有位稻友是护士，私下很喜爱花草，精心打理着一个花园阳台。稻友们相约一起花间品茶、小酌，不胜诗意畅快。有位稻友是媒体工作者，喜爱潜水，十年里几乎潜遍了地球上最美的水域。还有位稻友在大企业工作，每年都会带女儿回乡下小住，感受乡村的四时和文化……周华诚鼓励这些稻友把自己的故事写出来，帮他们修改、编辑，联系出版社出版。稻友们在"父亲的水稻田"里，不只收获了安心的粮食，还收获了想象不到的新身份。

其他稻友，也纷纷拿起笔，敲下自己的故事，每年都能结集成一本稻友书。这些书经过周华诚的编辑，几乎每本都深受读者喜爱。出版社都很惊讶，素人作家的书居然有这么大的市场号召力。《每一个简静的日子都是良辰》《这就是我想过的生活》，也许看着这样的书名，作者就能感受到用心生活带来的能量吧。

周华诚由此创建了自己的出版品牌"稻米艺文"，与多家出版社合作了多个品牌书。在这个快速消费的时代，传播诗意而踏实的生活态度，关注生活本身的美，出版人周华诚的能量越来越大。

"父亲的水稻田"一种四五年，接连上了《浙江日报》、《人民日报》、中央电视台，衢州常山县的领导们也意识到，返乡种田的事被这个高高瘦瘦的文人搞大了。同村的乡邻们第一次意识到，种田还能上电视，又可以赚钱——生态种植的水稻一斤30元，高于市场价。几位乡邻加入了"父亲的水稻田"计划，前提是要接受周华诚提出的条件：用比普通农药更贵的生物农药，采用友善生态的方式种植。

中国水稻研究所也开始关注"父亲的水稻田"。水稻科学家和育种专家在常山五联村试种他们开发的新品种，并且提供技术指导。"中国杂交水稻之父"袁隆平为五联村题词"耕读传家"。周华诚计划将五联村建成一个以水稻和农耕文化为主题的村庄，中国第一所村级"稻作文化馆"已经在五联村建成开馆。未来继续与中国水稻研究所合作，选用他们推荐的优良品种，也通过他们与农业企业合作，成为他们的生产基地，村里的种粮大户们就不用担心出路问题了。进一步，他还想参考台湾的池上县和日本越后妻有小镇，请中国美院的老师来操刀设计五联村农田景观，吸引更多的城市人来村子里避暑，体验农耕生活。

在农田里，找到自我

除了自己的家乡，周华诚还以策划人身份，接下了浙江兰溪一个村庄、雄安新区与河北保定地域文化的策划案。稻友就是他的智库和合作者。书籍、摄影、展览、行为艺术、新闻宣传，一整套熟练的营销方案，让"父亲的水稻田"品牌越来越响，"周华诚"这三个字的辨识度也越来越高。以往他是个靠投稿吃饭的写作者，现在应邀策划、搞文创成了他收入的重要来源。

刚辞职时，周华诚是有些底气不足的，毕竟是个男人，有养家的责任。2015 年年终盘点，他发现离职后经济上的回报居然比在报社工作的时候还要多，心里终于踏实了下来。

这五年时间，他写了无数与稻田相关的文字，出版了《下田》《草木滋味》《草木光阴》等书。他说那些文字就像是从内心里流淌出来似的，自由而轻快，是"有生活、接地气、有品质感的文字"，这与之前在媒体形成的急于求成的写作方式截然不同。

难以形容回乡耕种的这几年，他经历了多大的变化。自参加工作就一直在体制内，他很难放开去表达自己，也慢慢习惯了这种压抑。2013年的一次深夜冲动，"父亲的水稻田"诞生了。这个从内心里发出的农耕梦想，汇聚起众人的能量，让他慢慢地理直气壮起来。

在一次次的抉择中，他选择跟随内心，而不是旁人的眼光来做出判断。职业上升期，他选择辞职，从此安心做自己想做的事。风头正劲时，他也稳住心神，明白自己不是想做大型农企，不扩张生产，四亩地足够了，自己的特长还是写作和文创。2019年，他暂停一年"父亲的水稻田"项目，腾出精力，把老家的房子改建成一座"稻の谷"生活艺文空间，让稻友和亲朋可以回到他的家乡小住，享受乡居生活。

古人说，三十而立。返乡耕种前，他早已成家立业、娶妻生女。没想到35岁了，他才真正找到自己，成为一个独立的人。他对女儿说，不需要成为大家眼中的那个你，只需要成为你自己。真实地面对自我，不惧怕未来，只要努力把今天过好就行。人的一生，不是只有赚钱当官才是成功。找到喜欢的事，并且坚持做下去也是了不起的成就。

那个前半生努力逃离农村的少年，如今最喜欢的标签是"稻田工作者"。他突然理解了父亲。像父亲这样，一辈子做个农民，做着他喜欢又擅长的事，何尝不是成功的一生？

桃二 |

从创意广告人到自家茶园，这"茶"啊，就是人在草木中

尽管是茶园里长大的孩子，32 岁以前，桃二没想过自己往后的人生会跟茶关联到一起。

她的家在浙江杭州富阳的一块茶山上，小时候放学回家，来不及扔下书包，就要舀上一搪瓷杯茶水咕咚咕咚喝下。不管爱不爱喝，从小喝的就是茶水。家家都有的茶园，她也没感觉有多稀罕。

32 岁那年，她从工作了八年的广告公司辞了职。在老家茶山回血的空当里，开了一家淘宝店"茶画家"，在网上卖父亲做的龙井茶，搭配好看的茶礼、布巾，制作成精美的手作礼盒。

"茶画家"的茶礼，既净又野。来自山林的质朴和自然的奔放，经她的手传递到客户手中，很快形成口碑。"茶画家"成了一个知名的生

活美学品牌。创业第三年，她在杭州开了一家线下茶空间。第四年，她把返乡做茶的心路历程写成了一本书《我能做的，是为你泡杯茶》。

几年过去，她的淘宝店和同名品牌迈入了正轨，她买了房子，有了两个同路的伙伴。而这一切的起点，来自五年前的觉知："我生来就是土地的，我喜欢和土地，和亲近土地的人打交道。"

第一次看见了茶

没有专门做茶以前，朋友知道她家种茶，每到茶季会找她拿个三五斤，她就在市场随意买个盒子装了。喝过的都反馈说好，她也没什么特别感觉，"因为那时我也没有花什么心思"。

直到那年春天，广告公司安排她为客户定制春茶。怎样把自己都认为老派的茶做出"礼"的新意，怎样从日常之物里提炼出人文的意涵。这项工作让她第一次开始审视早被忽略在身后的茶园，还有茶园里忙碌的父母。

每年三四月，父母天蒙蒙亮就上山采茶，一直到傍晚收工。妈妈趁着灯火摊青，爸爸熬夜炒茶。小时候她还会帮着做些小杂活，长大后上大学、工作，她离茶园越来越远。

回望茶山，她的眼中第一次看见了茶。开始搬着凳子，坐在父母身

这茶啊，
就是人
在草木中。

边，重听小时候他们制茶时一遍遍告诉过她的那些叮咛。

龙井是炒青绿茶，这茶，要怎样采才又省力又到位，不然摊青时候要揉掉的蒂头和奶片，可比采摘时更费劲，采摘时的手势更决定了茶形；炒茶时要怎么控制时间和温度为茶叶去水、压扁、回锅，茶色黄绿几何，茶形是否扁平匀整，茶香正不正，都在这手上制茶功夫。

一到茶时，父母会把每日采下的茶，用小纸片做上标记，哪一天在哪一块地上采的，来历明晰，待炒制完，又添上炒制的日期、重量，有些会特别注明"高山西面""特别香""个小肉壮""稍许奶片"。以往不明白的茶与茶之间的分别，她从父母包满茶浆发黑开裂的双手、一抬头鬓角藏不住的白发、熬红的双眼，还有这永远到不了茶客手中的小纸片中，看到了。

在自家茶园，体会到天地万物的支撑

把父亲的茶做成手工茶礼分享给更多的人，这个简单的想法促成了2013 年 7 月"茶画家"品牌的诞生。

以多年广告人经历形成的美学系统作为支撑，桃二重新以设计师身份出发，从选择产品到定位、创意、文案、摄影，亲手包裹一份礼物，全部自己完成。第一份茶礼送到年轻的朋友手中时，这个宣纸包装、手

◎包茶礼

搓麻绳绑着的老派茶包，里面放着她父母手作的龙井，把年轻的朋友感动得说不出话来。

制作礼盒是一个随机创造的过程，比如她会在里头偷偷放两颗松果，一个院子里刚摘下的柚子，一只私藏的手工杯，甚至只是用山上剪下的树藤来裹一个茶包……这些充满不确定的细节就是她的心思和诚意，也是她表达自我的一种创作方式。慢慢地，一个叫"礼物美学"的概念，在此间形成。

在创作的过程中，她不断与自己对话，紧紧抓住脑子里时不时蹦出的新想法。她称之为灵感的练习。

　　她从小就是一个内心敏感又丰富的姑娘，每天脑子里灵感乱蹦。曾经不管不顾地创业两次，在杭州开过自己的广告公司、摄影工作室，又在知名广告公司工作多年。做广告和摄影，就是喜欢接受其中无时无刻不在变化的挑战。她说，自己的身体里住着两个她，一个是野兽，一个是尼姑。过往种种闯荡，源于她内心中的两种渴望——对个人在社会中最大限度自由的寻求，对某种完全投入自我的极致的追寻。

　　但是做了多年创意人，她感觉不到这和她的生活有具体的关联，始终有些抽离。直到她重新回到生养她的土地，记录茶园里的故事，做一件看得见摸得着能投入情感的产品，她的心里生出了安身立命的踏实感。站在自家茶园深呼吸，她体会到天地万物的支撑。那一刻她发现自己生来就是属于土地的，她找到了自己的根——自家的茶园和世代种茶的家人。

　　从那以后，茶园成了她春日里的头等大事。

　　过年前就开始构思"明前龙井"茶包、礼盒，整个三月，都待在她命名为"九龙山茶园"的富阳老家，陪着父母一边采茶、摊青、炒茶，一边聊聊生活琐事，饭间还偶有争论，父母对她的包装提点建议，她要求每一批的茶有更高的品质。每每收到顾客的好评，她都会反馈给老爸老妈，二老高兴不已，"我爸说这几年和我一起做茶，整个人都更年轻了"。

　　桃二回想起最初选择回家做茶礼，在于那一瞬间的发现——每个茶季过去，父母就老去一岁。从来都选择任性做自己，突然像被狠狠砸了一榔头，"是时候该做回'女儿'了"。和父母一起工作，原本是作为女儿的体谅，收获的却是父母又一重的付出。

这茶啊，就是"人"在草木中

一份茶礼，包含着父母的汗水与桃二的创意。收到的反馈，从好看到好喝，已经不能涵盖那些因茶而生的缘分。

一位客人预订了 150 元的茶盒，却打了 900 元过来，请她过后慢慢推荐好茶；一位青岛姑娘特意跑去海边捡金色贝壳，专程开车送到杭州，说要给她包礼物用，后备箱里还装满了送给桃爸的有机大米和青啤。

"你给出了真实的自己，也会得到对方的礼物。"各地有故事的食材、各种可能为她所用的布匹、纸张、包装袋，从天南海北寄来，每一个素未相识的网友，都成了知心好友。"每一次这样的连接，都让我心里涌起知足和感恩。哎，这人生怎么那么好。"

还有的成了她的好友，他们有足够的经验，只需一口，就能判断出茶叶有没有农残、够不够干净。有两位姑娘，原是她的客户，也是茶评师。因为都在杭州，常常找她到一处喝茶，后来两个人都成了她的员工。

这些奇妙而真实的连接，促使她从"礼物美学"中醒悟过来，包装做到再极致也不是她想要的，她想要的就是这种日常生活中的真实。

第二年开始，她把茶从"产品"回归到了"生活"。通过茶，分享土地的味道，传递人与人之间真诚的温情。"我希望我的礼物是一种连接，连接土地、你我，连接任何你想连接的人。我只是一个邮差。"

桃二记得，少年时每到茶季，父亲会早起背着很大的茶包去市场里卖茶，那个背影在她的记忆里挥之不去。如今，已过 32 岁的她接过了父亲的背包，想要传承的竟然也还是父亲的那句口头禅："这茶啊，就是'人'在草木中，片片皆辛苦。"得惜物，得惜人。

◎每到茶季，挑茶下山的茶人

在茶的学问里玩耍

等进入茶的世界，才发现里头的学问很大，走进一扇门还有另一扇等着打开。经由专业人士的引领，桃二开始尝试不同地区产的不同茶叶。云南南糯山的红茶，福建福鼎的白茶，还有普洱茶、岩茶。

虽然创作的心思已经不在包装茶礼上，但茶本身带给她无穷的创造力和想象力。比如喝一盏南糯山红茶，就像看一个甜美的包着花布头巾的姑娘浅笑。而一款又野又香的武夷山红茶，就像是在 IMAX 电影院里看一场视觉特效电影那样，充满爆发力。她又回到了那种灵感练习的状态。

除了有无农残，好茶是没有标准的。除了看专业的茶经、茶人书，她只能靠一杯一盏地喝，建立起自己的系统。这种刻意积累、打通五感的灵感练习，就是她独特的品茶或者说创作方法。她玩得乐此不疲，享受着这种一直在学习的状态。

每个季节都有不同的茶，她要回茶园采茶、到处去访茶，还要上架新茶、经营线上线下店铺。每天下午，还有各色各样的朋友到店里来找她聊天喝茶。她似乎又回到了在广告公司时那种像陀螺一样连轴转的工作状态。

自己创业的好处就是，这是自己完全喜欢的事，可以按照自己喜好来挑选茶，安排上班时间。每天上午，她都在家看书、写作、冥想，给自己足够时间独处；下午进入工作室就要一直忙到半夜了。

忙归忙，却只是肢体劳累，她的精神不曾倦怠。她喜欢茶这个媒介，把她全部的敏感和深情都接纳了。茶于她，好像又回到了她小时候喝茶水那种状态，只是这是一种日用而觉知的状态。"不追求品茶的仪式，而是用普通的水和茶，泡出有滋味的茶汤。同样的方法用在生活里，不断练习，就能成为一个懂得享受当下的内外平衡的人。"

做美的分享者和传递者

她喜欢这种生活化的艺术感，也喜欢分享和传递这种生活之美。做茶、卖茶是一个手段，帮助乡村建一所所儿童阅览室也是一种方法。

2013 年，她的一位朋友出资，请她为富阳老家的 12 所乡村小学设计阅览室。她发现，大部分的学校都只有借阅室而没有阅览室。每年暑假和寒假，她都会到至少一所小学工作，把走廊或者空余的教室改造成一处适切的阅读空间。有的阅览室在大树下，有的是复古小火车造型，每间阅览室的墙壁颜色都是她精挑细选的。

有一次，她回到了曾经的初中（后改建成了小学）工作。当年的老师认出了她，非常惊讶地说道："哇，原来是你在做这件事。"他们早就听说杭州有人来帮忙援建阅览室，但是没想到会是以前的学生，而她还不是最出色的那一个。

在大部分人心里，做公益的人要么功成名就要么特别有钱。实际上，出资的朋友只是一位公务员，而她在事业草创的初期，仍然持续把这件事做了下去，一做就是五年。她说，举手之劳，尽力参与，付出就能得到想不到的收获。

她从小梦想有一间自己的书房。如今，她像一个圆梦人一样，给了孩子们一个彩色的阅读空间，也弥补了自己小时候的遗憾。

现在，桃二被称为"跨界茶农"，她既种茶，也买茶，又卖茶。她喝茶也品茶，茶成了她的一种生活方式。但她的目标并不是做一个种茶炒茶的手艺人或者茶艺师。只是借由茶，她可以探索自我，连接世界，分享自己对生活和美的坚持。

做一个生活美学的分享者和传递者，让我们的生活更丰富而有情，这是她想尝试抵达的"人情味"。就像鲁米的诗：我们敬万物一杯，也让我们的心灵啜饮一杯。

杨阳 |

35 岁第一次扛起锄头，
蔬菜瓜果不只疗愈地球也疗愈人心

　　夜里九点，来蹭晚饭的新村民才跟杨阳道别。外头下着小雨，她坐在这个租了十年的简陋老屋里，跟我煲着电话粥。才一会儿，就听见大声犬吠，她有点不好意思，"我先去吼一声"。遥遥听见她叫着自家三条狗的名字，然后是细碎人语。原来刚离开的朋友送了些吃的来给她。

　　杨阳现在是云南昆明郊外大墨雨村一座果园的管理员。她说，大学毕业后做的工作都跟设计有关，从来没想过自己会在 35 岁的时候，真正扛起锄头来种地，更没想到一开始种地就停不下来。

播下了一颗可持续生活的种子

杨阳大学念的是广告设计，毕业后想去做影视广告，就去了上海一家影视公司做真人秀节目。工作两年里，黑白颠倒，连续熬几个通宵的状况常有。"因为云南人对家乡的眷恋"，她又回了昆明，辗转了几个广告公司，最终进了当地一家普洱茶企业的广告部门。

做了三年多的企业公关后，她很意外地被调到了公司的公益基金会工作。像进入了一个新世界，公益界关注的各个不同议题，让杨阳突然发现这个世界还有那么多边缘、弱势群体的存在，还有那么多人在做着跟主流价值不一样的事情。她说，从那以后她开始问自己很多问题，"我在追寻什么，我怎么看待这个世界"。她常常得不到解答，就找各种机会去碰去试。

2016 年，她参加了区纪复举办的简单生活工作坊，内心就像刮过一阵龙卷风。两天时间里，区老先生讲述他如何反思现代生活对自然的危害，从台湾最大的化工企业辞职，在花莲海边的一个小村庄里，建立起了一个纯自然、不使用水电和塑胶用品的"盐寮净土"。他本人坚持了 30 多年不买衣、20 多年不买菜，靠自己耕种和菜市场的剩菜叶，制作简单素食过活。他的简单生活方式和"愈少愈自由"理念，影响了全台几万人。

　　杨阳第一次意识到，原来人的生活和事业可以是一体的。过往无论是在企业还是做公益，下了班以后，她的生活和工作就分开了。而区老先生让她意识到，一个人过自己的生活，可以对他人有正向的改变，也可以成为自己的事业。她的内心里，播下了一颗可持续生活的种子。

　　这一年6月，因为公司计划把公益部门迁到北京去，她辞职了。她没有找工作，而是租了辆自行车上路了——骑行青海湖，穿越塔克拉玛干沙漠，在阿勒泰住进哈萨克族人的毡房。她以前就喜欢背着睡袋帐篷徒步旅行，辞职以后才发现，以前都在拼命工作，连国门都没有出去过。西北旅行回来，她和朋友去印度旅游了19天，然后又去泰国待了一个多月，顺道圆了环骑台湾岛的凤愿。两个多月自助旅游，钱花得差不多了，她才回到昆明。

　　对于旅行，她原本不抱目的，只是想把没体验过的、感兴趣的都尝试一遍。然而，在泰国清迈Pun Pun有机农场"自立生活营"学习的倒数第二天，她吃着志愿者们用当地食材烹煮的素食，忽然泪流满面。"每个人的一生都会有一些重要瞬间，我在吃下食物的当下，感觉此刻的生活近乎处于理想化。人把生活简化后，竟然能收获如此多的幸福感。我决定以后要把食物和农业放在未来生活最重要的位置。"

　　这一次顿悟，促成了她的第二次泰国之旅，也改变了她整个人生的轨迹。

疗愈地球也是疗愈自己

从泰国回云南后，杨阳陷入了极度迷茫的状态。她听朋友说起在泰国有一个盖娅生态村设计学习课程（Gaia Ashram Eco-Village Design Education），教授可持续农业、朴门设计、经济、社区和自然建筑等方面的知识。杨阳觉得自己很需要系统地学习，就报名参加了 2017 年 7 月为期一个月的课程。

盖娅生态村位于泰国东北部廊开府 Ban Suai Long 村，常住居民和老师是一对分别来自荷兰和泰国的夫妻 Tom 和 Om。他们在自己创建的森林学校里，运营已经建立起的食物森林、池塘、稻田，还有用泥土和稻草做成的自然建筑、用废弃的轮胎制作的垃圾桶、干湿分离的堆肥厕所，给学员们设计了"心、手、脑"合一的整全学习课程。

每天早上 5 点半，学员们就起床开始练习冥想和瑜伽，之后学习半天理论课程，下午动手实践，所有人都要一起承担所有的家务活，包括堆肥处理、做饭和清扫。在这个过程中，她和来自世界各地的学员们，共同学习如何跟不同背景的人相处，学会坦诚沟通和信任，也学会从彼此的世界观中去反思固有的成见。

杨阳最感兴趣也最受益的是朴门永续农业。考虑到自己英语不够好，她提前一个月就出发去了盖娅生态村担任志愿者，因此幸运地被分配了三块小小的菜园，蔬菜花园、食物森林和草药茶园。其中，她对食物森林的投入度最高，从一开始的除草覆盖，到依照七个层次选择植物并栽种，每日维护，看着它们一天天长大。

学习朴门农业，恢复土壤活力，打造健康而生机的生态系统，表面上看是疗愈地球，其实对杨阳来说更是自我疗愈的过程。

每天，她顶着热带高温和蚊子大军的袭击去除草和种树，两个月里流的汗水超过了过去 30 年来流的总量。从未正经种过地的她，全心投入其中，乐此不疲。在躬身耕种的过程中，她感受到身心的巨大平静。看着小小一片食物森林成长，每天从这里采摘新鲜蔬菜，她生出了从未有过的成就感。

课程结束，她在盖娅多留了一周，为学校制作了一块手工木制路牌，然后搭乘客轮沿湄公河一路北上，经泰国、老挝、缅甸回到云南西双版纳。湄公河两岸的风景慢慢后退，过去两个月的生活就像是在另外一个世界被折叠了起来。与几个在盖娅认识的中国学员聊天的时候，杨阳意识到他们都有些担忧，盖娅的生活太不切实际了，回国以后再也回不去主流社会该怎么办。杨阳却在心里打定主意，要回老家云南，找合适的地方住下来，尝试自立生活，实践朴门永续设计。

通过土地，探索内心

相比第一次从泰国回来后的迷茫，第二次从泰国回来后，杨阳的目标很清晰，行动力也很强。几个月里，她访问了昆明周边十几个小山村，寻找乡居的可能。

一位朋友介绍了昆明市郊的大墨雨村和正在当地做丽日永续生活中心的李婷婷给她认识。早在 2016 年，杨阳就和朋友一起到过大墨雨村，当时婷婷刚刚辞去云南大学的教职开始运营丽日。2017 年底，杨阳连着两次到访丽日，得知婷婷有一处 20 亩地的果园需要人打理，而她正好想找一块地来实践食物森林和朴门永续农业。两人一拍即合。2018 年 3 月，杨阳就一个人搬进了大墨雨村。

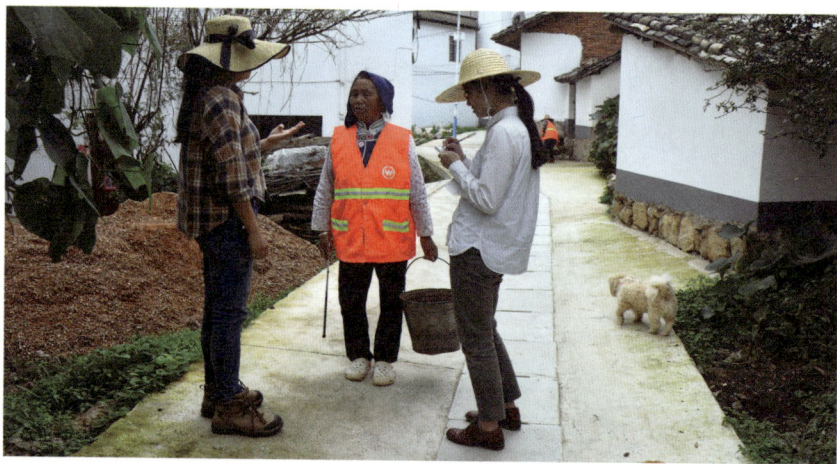

◎杨阳在村里做社区垃圾分类调研

　　杨阳的战场就是山斜坡上的一大片果园，她的目标是把它变成一座食物森林。一个人不可能精心打理，她便和婷婷一起策划了全年四期的"食物森林与永续农业工作坊"，除了邀请我们国家相关实践者来作分享，还邀请了来自巴西、英国、葡萄牙的朴门设计师及永续农业实践者担任讲师。杨阳既是负责人也是学习者。她和学员、志愿者们一起，在果园里新种了70多棵八个种类的果树，还间种了土豆、玉米、萝卜、苜蓿和各类豆子。

　　果园实在太大，她刚进村就在山上单独开辟一块地试种土豆。昆明的气候和泰国完全不同，土壤特性也不一样，她采用了三种耕种办法来对比试验。一种是完全的自然农法，不拔草也不施肥，另一种是传统的深耕细作勤除草式耕种，还有一种做法介于两者之间。大墨雨村的海拔有2300米，四季如春，植物生长的周期更长，过了四个多月她才收获了一点土豆，数量甚至抵不上当初做种子埋下去的量。

　　说没有受挫是假的，可她还是得抓紧物候，新种一轮萝卜，指望着秋天的丰收。杨阳说自己原本是个十足的行动派，想到就一定会去做，做决定常常不经思考。但是做农业却是需要思考的，如果不在耕作之前就想好耕种计划，只想着挖个坑就开始种菜，十有八九种不出什么也学不到什么。

　　除了果园这片主战场，她还有一块小战场。在租住的老屋门前，房东附赠了一小块地给她。她想着把这块地当作自己的食材花园种好，以后就有吃不完的蔬菜了。可惜这块地背阴，阳光照得到的地方，菜的长势明显比背阴地的好。她只好一边种菜一边看书调整种法，错过了季节就只能计划来年重头来过。

务农这件事，实在挑战她的性格，却也给了她机会和空间，深入内心去观察和反思自己。比如，为何会害怕事情没有立即得到解决方案？要快，要立刻得到好的结果，不也是工业社会的一种思维方式吗？碰壁代表的不正是想去掌控自然的人本位思想吗？如果耕作只是为了喂饱人类而不是为了完善人类，那自己来到乡村的意义是什么？

在另一个面向上，她也在通过土地、种植，探讨自己和世界的关联。她从 2018 年开始尝试吃素，只是想让自己的生活变得简单，练习自我节制。食材花园虽然产量不佳，但好歹也足够她一人的每日所需。住在村子里，除了米粮油和水电，她几乎没有别的花钱的地方，每个月几百块花销足矣。从 2016 年 10 月开始她就不再买衣服，洗发水和肥皂也都能自己动手做。原来，生活可以如此简单快乐。

新的农村社区，新的生活梦想

几次工作坊之后，新搬来的村民越来越多，许多来上课的学员课程还没结束，就把房子租好了。会选择在村里生活的，都是彼此价值观相近的。大家互相蹭饭，偶尔分享和交换一些东西也节省了一些开销。更重要的是，她之前没有预料过的一个新社区正在形成。

到 2018 年 9 月，村里的新村民有了 50 多户，几乎都是从城里搬来的，常住的有 10 多户。他们每个人都在城市有自己的职业和擅长点，来到村里，他们也在继续自己的事业。每月一次的新村民聚会，大家碰撞出了大墨雨村学垃圾分类这样的新构想。从 2016 年开始，杨阳就自己在默默做着垃圾分类和尽量减少垃圾的尝试，现在整个社区的人都有这样的共识，她觉得振奋——原本她以为这是要几年以后才有机会实现的事。

◎和学员、志愿者们一起开垦果园

新村民们还经常聚会或举办可持续经济主题工作坊，想要借助社区的力量，打造既能养活自身又对社会有益的经济项目。大家都很清楚，选择到乡村生活不是来清修的，即使再不擅长做产业经济，也必须要找到与世界互动的方式。

村里的年轻人多起来，老人们也开心。为了种菜、做工作坊，杨阳请教了许多当地老人。才待了半年，村里的爷爷奶奶老远看见她走过来，就亲热地叫着她的名字，还时不时送点吃的给她。

村子里的老房子至少十年起租，杨阳签了十年合约。她给自己简单定了一个五年规划和十年规划。第一个五年，她想要享受当下，自然而然地把耕食这件事做下去，一边实践，一边学习和充实自己。如果五年后，她可以靠做农业养活自己，就准备继续再往前走五年，把食物森林一步步做下去。

杨阳说，选择返乡、种菜和可持续的生活方式，环保或改变世界并不是最重要的理由，更重要的是，认识和改变自己，"我是谁，我的热情是什么，我有没有办法过一种简单自爱的生活。只有自己内心真正转变了，身边的环境才会改变。"

35 岁，她未婚，也没有把嫁人当作未来的目标。主流生活回不去又如何？她相信，不远的将来，她正在践行的可持续生活才是更深刻的现实。

唐亮 |

返乡六年，用一座农场凝聚起一个家

眼看着春节临近了，许多人开始总结这一年。收入是重头，大多数人都会算一年挣了多少钱。唐亮的收入核算方式有些不一样。除了一年的经济收入，他还收获了跟家人在一起，享受乡村田园生活，参与生态保护，再加上个人的理想落地与生命成长。

2018 年底，唐亮在知名食农媒体"食通社"，公开了他返回四川成都金堂县福兴镇牛角村老家创立农场后的账本。这六年来，除了第一年有所亏损，之后的几年都有盈余。更重要的是，他经营的亮亮家庭农场，让十几年来散落在各地的家人，终于团聚在了一起，过上了在家工作、在家生活、幼有所养、老有所依的生活。

内心的声音早就在呼唤我回去了

1986 年出生的唐亮，应该是中国农村较早的一批留守儿童。20 世纪 90 年代初，他爸爸便外出打工赚钱养家。12 岁那年，爸爸回来了，妈妈又离家打工去了。等她六年后回来，唐亮即将高中毕业，准备念大学了。这期间，弟弟没有坚持上学，初中毕业就外出打工了。

唐亮说，这十几年，他不是在想爸爸就是在想妈妈。村民们一句玩笑"你妈妈不要你们了"，都能让他心惊胆战许久，担心他们还会不会回来。小小年纪的他，就在家附近的山坡开荒种菜，仔细盘算可以卖多少钱，想着自己多赚点钱，父母就能留在家里。一家人生活在一起就像是一个梦想，埋藏在少年的心底。

考上大学后，他和许多农村学子一样，走上了离乡村越来越远的路。农村与城市显而易见的发展差距，让他不断去思考城乡关系及三农问题。他由此接触了温铁军等人的文章，深受启发，回家乡的念头在心中升起。大学毕业后，他本想回乡创业或者去西部做志愿者，想到背上还扛着大学期间的助学贷款，他留在了重庆一家生物科技公司上班。

差不多三年的工作期间，他工作稳定，工资也涨了不少。家里人都盼着他成为一个体面的城里人，他却辞职了。"工资是不错，但对我来说，这就是一份工作，其他方面感觉不强烈。想回家的声音却很强烈，重建

农场只是形式，家才是根本。

家庭是我的心愿。"他在重庆的报纸上，看到一篇关于重庆合初人 CSA（社区支持型农业）生态农场的报道，眼前顿时一亮。循着报道，他查到了北京小毛驴市民农园，看了好几个月网站，越发觉得他们做的很贴近他的内心想法。2011 年，刚好他们在招聘实习生，他带着一个拉杆箱、一腔好奇心来到了北京。

实习生每个月只有 600 元津贴，去了之后不停干活，他发现自己的身体已经不熟悉农活儿了，加上气候饮食的差异，皮肤干裂流鼻血，他的身心都受到了挑战。同来的许多小伙伴都经历这种"跑这么远究竟来做什么"的疑惑，有的实习期不满就先离开了，可是唐亮留了下来。"我是来学习的，什么都没学到，跑回去做什么？"心态变了，他也主动起来，开始去了解种地的方法、成本核算，观察和学习农场整体运营的方式。

实习结束后，他又留在小毛驴市民农园继续工作，后来石嫣准备创办分享收获农场，唐亮跟几位小伙伴参与了最初的创办过程。从找地、找院子到做生产规划、招募规划等，还需要进入社区做讲座，在北京的冰天雪地里半夜配菜，凌晨送菜，如此种种说不辛苦是假的，唐亮却觉得手里有劲，心里也踏实起来。"是时候了，该回去了。内心的声音早就在呼唤我回去了。"

2013 年初，他回老家过年。春节过后，一家人分别离村，唐亮却说不准备出去了，要留在老家种地。爸妈虽然不同意，可也习惯了儿子十几年来的独立自主。就这样，成都爱佳源·亮亮农场就在唐亮自家的几亩地上正式成立了。

为了重建一个家

我曾采访过的许多返乡青年，只有极少人是回到了自己的家乡务农。问唐亮，为什么执着着回到自己的家乡耕种。他说，做这个事不是单纯为了农业，而是为了重建一个家。十几年来，他家一直比较冷清，一家人分散在各地，有好几年过年都只有他和大伯，根本谈不上家庭氛围。

要聚拢一家人，首先不能把自己的想法强加给家里人。返乡第一年，他没说什么，只是带着手脚不太灵便的大伯小伯在地里耕种。作物的南北差异很大，他之前的种植经验没办法全盘移植，加上第一年尝试无农药化肥的生态种植，他并没有多大把握。他成年以后长期生活在外地，对成都不那么了解，考虑到自身的地理位置及条件，就没去做熟悉的CSA蔬菜宅配，他需要摸索自己的经营方式。

唐亮抱着做试验的心态，尽可能多种各种蔬菜和作物，顺利地通过淘宝店、微博和微信朋友圈售卖出去。这一年，他用工作几年存下的三万多元，打了水井，建起鸡舍，还牵了网线，买了割草机、三轮车和做豆瓣酱的坛子。

　　2014 年，他选定了小黄姜和辣椒这两个当地长年耕种的品种，作为农场主打产品。它们都方便保存与制作加工品，没有新鲜蔬菜那么大的销货压力。靠着口碑，他慢慢打开销路，与成都及省外的一些机构，如社区店、餐厅、中医馆等建立了稳定的供货关系。有的客户会在种植前预先付款，也基本知道每年的销量，农场得以用订单式生产来把控一年的种植量。

　　这一年，唐亮跟周围村民租了地，把面积扩大到 20 多亩，唐妈妈说服了唐爸爸和弟弟唐进一家留在家乡，年底一家人就齐聚在了农场，

◎亮亮农场一角

只有唐妈妈还留在镇上开小茶馆。对唐亮父亲来说，农业是个让人伤心的行当，他从十几岁开始干农活养家糊口，辛苦却得不到等价的回报，不能维持一个家庭的正常运行，才选择去打工。

唐亮的生态种植方式也跟父亲过往的认知有冲突，刚开始父亲很容易发脾气。后来他带着爸妈去成都生活市集卖菜，消费者对他们家的菜赞不绝口，还不还价，农场里也不停有各种人来参观学习。唐亮会创造机会让父母跟他们多交流，同样的话，从别人口中说出来，比他自己苦口婆心解释要管用得多。

◎全家人一起在市集上售卖农场产品

2015 年，唐家决定盖一个大新房，让父母兄弟都可以住下来。唐亮自己画设计图，设计了八个房间，一个大客厅，一个小客厅，这样全家老少都有住的地方了。妈妈也终于关掉了茶馆，回来操持一家人的生活。

一家人团聚在农场，慢慢形成不同分工，唐亮负责农场统筹、订单处理、财务管理，弟弟负责生产管理，爸爸和大伯主要做些农活，小伯喂猪养鸡，妈妈和弟妹负责后勤。农场里陆续建了地窖、沼气池、旱厕和蓄水池等设施，还引进了微耕机等设备。

一个家井井有条，事业也风生水起。一家人慢慢理解了唐亮的用心，唐妈妈夸赞儿子："你的选择是对的！妈妈给你点个赞。"

农场只是形式，家才是根本

在家时，唐亮基本每天都会到地里去，看看作物的生长，感受田间地头的状态和每个家庭成员的情绪状态，及早发现潜藏的不愉快。对唐亮来说，"家庭农场"四个字的实质意义远大于字面意义，农场只是形式，家才是根本。

为了让一家人可以坐在一张桌上吃饭，而不是这边干着活那边就开吃了，唐家每日正餐前会有一个简单的感恩仪式。一家人齐声念诵唐亮写的感恩词："感恩天地，滋养万物。感恩父母，养育之恩。感恩老师，精心教导。感恩农夫，辛勤劳作。感恩厨师，准备饭菜。感恩所有付出的人，愿天下所有人都没有饥寒。大家请用餐。"

生活垃圾分类、厨余堆肥、用茶籽粉洗碗，是唐家的日常。一开始只是唐亮一个人坚持做，家人或有反对或觉得不习惯，慢慢开始有人加入进来，小侄女侄子也会主动把垃圾扔到垃圾桶里。坚持了一年多之后，最顽固的父亲也默默地分好垃圾。这种潜移默化的家庭习惯是巨大的，慢慢地，每个人都习惯站在对方角度多想一想，矛盾自然少了。

唐亮觉得，以往家庭矛盾多，除了家庭成员之间的关系没处理好，另一方面是因为家里经济不好。现在回来把农场做好，收入就会比较稳定，大家都只需要做好自己的工作，不用太操心，心自然就安了下来。

自2015年起，农场每年的盈余都在12万元左右。到了年底，拿出来年必要的生产投入，每个人都会拿到一笔"年薪"。在一个大家庭里，每个小家庭各自的财务相对独立。父母每个月还能收到零花钱，他们自由安排。

一家人共建一栋房子，共用一个厨房，共用一辆车。家庭需要共同资产，比如冰箱，就共同筹钱购买，共同使用。这种既合作又独立的大家庭生活方式，给了每个人、每个小家庭自己的生长空间。

有人问唐亮，有一天农场经营不下去了怎么办？他很清楚，务农、创业本身都有风险，所以农场上也没有投入太多做大基建，更多考虑人

◎弟弟唐进与其妻子在收割小黄姜

员的投入与成长。他推荐负责生产的弟弟唐进和二叔报名参加学习工作坊，回来以后再在家里开分享会，"人具备了思想和技能，万一这个农场因为啥原因不能进行下去了，也可以很快做另一个农场出来"。

目前农场占地30多亩，唐亮没想怎么扩大规模，也拒绝过一些投资人。他认为，家庭农场的工作量就应该是一家人可以基本完成，不需要借助太多外力，超出家庭力所能及的范畴就势必要调整生产组织方式。"生活幸福感跟收入多少不是完全正相关的，收入不多也可以幸福生活。我们更希望看到有更多像我们这样的家庭农场，有更多这样的家庭。是更多的'亮亮农场'，而不是一个很大的亮亮农场。"

原来在农村还可以这么生活

唐亮很清楚，直接从事农业生产不太可能赚大钱。他更珍视的是全家一起在乡村的田园生活方式。生活中遇到难事，或有疲累，在生机勃勃的田间地头走走，心情就能舒畅大半。家庭生活的点滴也是他愉悦的源头。

唐亮说，他的人生追求就是"修身齐家，做点有意思的事"。"有意思的事"可大可小。他跑去上自然建筑课程，学习制作姜精油，到学校和社区教孩子们和社区居民们种菜，参加交流活动；这个春节前，他在成都明月村乐毛家乡土自然学校，修圃建菜园，建堆肥池……

还有许多不止于"有意思"的事。他鼓动妈妈组建村里文艺队，邀请大妈大爷来跳舞，远离麻将桌；在村里组织捡垃圾，来参访的外地人和本地村民一起捡，村民慢慢有了自觉，眼见着地面垃圾慢慢少了；逢年过节会邀请村里的老人来家里吃一顿或者送他们一些小礼物；带动村里的年轻人一起出钱出力修建座椅和盖小亭子，让村民们早晚聊天有个好去处。最近，唐妈妈又在联络村民准备做一个公共活动中心，村民们自发捐钱买砖，一起动手铺砖，边干活边聊天，村里好久没有这么热闹了。

唐亮刚回村务农时，还能听到一些闲话。这几年他走到路上，会有村民对他竖起大拇指。一个家从破败到兴旺，带动着村子里的风气也在慢慢好转，村里人的眼睛是雪亮的。

　　回家这些年，唐亮会邀请一些消费者或者其他朋友来老家过年，不收分文，只是一起干点农活，做做饭，感受一下乡村生活。农场里的旱厕、厨余堆肥、垃圾分类、生态种植，也吸引了不少机构组织或小家庭来学习体验环保生活方式；也跟城里的学校合作，让孩子们到农场来动手建鸡舍，喂鸡种菜。农场还接待一些实习生、打工换宿等各种方式的体验。

　　唐亮在微博和微信朋友圈上，分享自己的乡村生活日常、生产生活的方方面面。他做的种种有意思的事，只是想让更多的人发现，农村生活其实有点意思。"原来农业还可以这么做，原来在农村还可以这么生活。"他希望打破人们的偏见，不要以为农业就是苦，农村就是落后贫穷。尤其是让农村孩子更有信心，不再是一门心思想着跳出农门去打工，回到农村也可以有发展的空间。中国农村，有更多的年轻人留下，才会有可持续的未来。

吴宇 |

吃一顿爸妈种的菜，日子才会美滋滋

有的人是这样，因为一个一闪而过的念头，一生的轨迹都改变了。

初夏的 6 月，吴宇哄睡了三个月大的女儿，坐在自家堂屋外，吹着凉风，听着渐渐密集的蛙叫虫鸣。弟弟，老爸老妈，各自拉把椅子坐过来闲聊，聊着白天来农庄参加"快乐小农夫"活动的孩子和家长，聊着下周要送到客户家的肉菜鱼鸡，聊着这段时间密集的暴雨对菜的影响，当然也忍不住畅想一下农庄的美好未来。

七年，她从深圳的外资企业辞职回老家长沙果园镇务农已经过去了这么久。也许是有了孩子以后，脚步慢了下来，她回头去想当时自己哪里来的冲劲，从零开始做了这个宅配生鲜农庄。现在他们一家人都生活在这片占地 15 亩的农庄里，家人们也越来越认同她的想法，不做农民工，只做农民，用心耕作，生产生活，守护乡土，安居乐业。

乡愁是吃一顿爸妈种的菜

回乡的念头，是一瞬间的事。

七年前，吴宇在深圳一家外资企业做采购经理。在这之前，她已经在湘潭等多个城市辗转工作了六七年。她清楚记得那天是 2013 年 2 月 26 日，过完元宵节没两天，她去公司上班路过一个菜市场，脏、臭，得踮着脚穿过那一片，抬头看到菜贩们拿着把小壶往菜上喷水，她想起有人说这水里放着添加剂来保鲜。

当下心里一颤，"这菜上面会有多少细菌和农药啊？吃了能不得病吗？"那时候浙江嘉兴爆出瘟猪事件，小孩子因为吃速生鸡而性早熟的新闻也屡见不鲜。她突然想到老家爸爸妈妈种的菜好吃又安全，自家养的猪、喂的鸡都是可以放心吃的。她一激动，到了公司就决定辞职回家。没过几天，就打包行李回到了果园镇田汉社区的老宅。

她也是多年以后才明白，那种单纯地想吃爸爸妈妈种出来、烧出来的好菜的念头，就是乡愁。爸妈却不能理解她的乡愁，因为当不了饭吃。妈妈强烈反对，"城里上班上得好好的，干什么回来吃这种苦"。

吴宇从小也是个书生，别说种菜，很多菜都不认识。她想跟父母要

希望我觉
从我的手里
接到
同一片净土净水。

一块地种油菜，他们坚决不给，也不教她种菜。她只好自己拿着锄头，带着菜苗去种。因为不懂得翻土，姿势也不对，每天累得腰酸背痛、手上起泡却颗粒无收。后来爸妈种菜，她就在旁边偷学怎么松土、除草、育苗、浇水，依葫芦画瓢，复制一遍爸妈的操作。

妈妈冷着她，爸爸等着她累了苦了自己放弃。回想回乡的七年，还是刚回来那时最难，逆流而上，无人理解和支持。她也不知道自己哪里来的冲劲，只记得那时候自己种菜、卖菜都很开心，想到一个点子就立马去做。

打定主意卖自家生产的蔬菜，她在微博上注册了账号"慢享菜园－吴宇"，还在微博上做起活动，"只要@三位好友，就可以获得吴宇家产的芝麻油一瓶"。她对自家芝麻油很自信，吃过的都说好，和市场里的有很大不同。通过朋友的转发推荐，她有了第一批客户，其中三个是完全不认识的客户。

6月，菜地里新一茬的菜长了出来，她坐着公交去给客户送菜，十几户要送一整天。许多小问题，比如主要的问题就是菜上的泥巴要不要洗，用什么装蔬菜，太远的客户送货可能要亏本要不要放弃等等。具体的问题没人商量解决，她只能自己摸索前行。可也是这些客户给了她很多支持，远超过简单的买卖关系。送菜上门，让她更了解客户的喜好，还教她们认菜，推荐一些菜谱，订户们也回馈给她真实的吃菜体验，经常鼓励和关心她，介绍了许多朋友来购买她的菜。现在她有了近 140 个稳定客户，除了最开始的十几个客户，其余的新客都是老客推荐的。

从一个家庭农场到很多个家庭农场

2014 年，返乡的第二年，爸爸见她没有要放弃的意思，答应回来帮她种半年菜。父女俩在地里一边种菜一边聊天，"我是怎么也想不到啊，你会回来种地啊。把你辛苦养大，说读大学，就读了。就想着你找个稳定工作，嫁个好人。怎么也没想到，你还回来种地。"爸爸没哭，她哭得稀里哗啦。一年多来心里的疙瘩解开了，好像之前所有的阻力都像开闸的洪水一样，放跑了。

那天以后，吴宇尝试着什么事都跟父母商量着来，不再像以前，自己想到就往前冲，也不去管别人的想法。这年下半年，妈妈身体不大好，她陪着去医院，照料她直到康复。那时候弟弟和弟媳都还在长沙市里上班，吴宇劝妈妈，她留在身边种菜，又能赚钱，还能照顾他们，不是挺好。自那以后，妈妈的态度也软了下来。

也因为陪妈妈看病，时间和精力都不够，她调整了原先的散点送菜模式，改为会员制，提前收取固定次数的会员费，每周固定两天送菜，送什么菜也根据当季地里的菜来决定。

那时候吴宇常常要在微信上道歉，因为天气变化，有些菜的口感受影响。青黄不接的季节，菜量变少，一周只能送一次，跟会员们解释后，他们也能接受。天气对产地对餐桌的影响，也能让会员们真实地感觉到变化，吴宇的坦诚也让他们选择相信她，和她一起解决问题，而不是简单地放弃去了别家。

2019 年，吴宇家的菜品就达到了 80 个左右，成为全长沙当季菜品种最多的一家农庄。除了本地蔬菜，她还开发了西蓝花、紫玉山药等外国外地品种，肉鱼鸡鸭，各种腌菜坛子菜泡菜，临近年节的腊鱼腊肉、糯米粉、爸爸亲手种的大米，都被她放进了蔬菜箱中。

为了开发多种蔬菜品种，她想办法和邻居合作，邀请他们按照她的理念，无农药、无化肥生态种植。她在自家土地的周边，流转了 15 亩地，请来的人都在这块地上一起种植。她提供种子、有机肥料、教他们用干草和稻秆防止杂草蔓生，统一生物堆肥，同时也可以互相监督。

规模扩大后，她无法兼顾生产和销售两端。2016 年，她邀请弟弟回来跟他一起做，负责农庄的生产管理。除了前面提到的各种生产问题，防虫防病，记录生产笔记，整理各品项的预产期等，都是他的工作。他像个生产经理，而同在田里劳作的父亲、两户邻居和吴宇的公公，分别负责不同品种蔬菜生产，由他以高于市价约 30% 的价格统一收购，收购的菜品吴宇全部买下，再配送到不同会员的家中。

◎孩子们边摘边吃，像极了小时候的吴宇

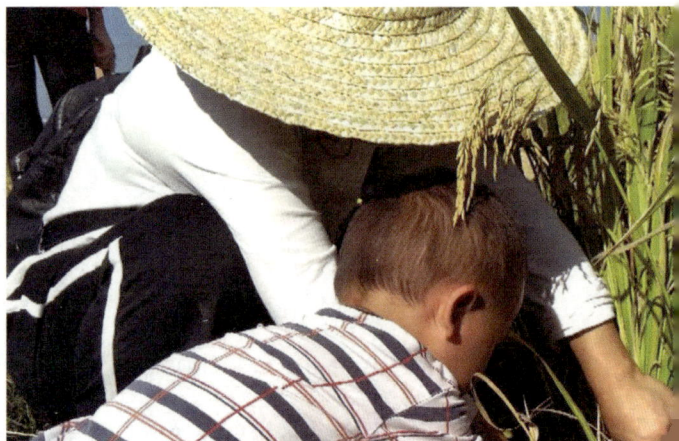

◎孩子们怀着极大的热情学习割稻

这样做既减少了因人力不足的困难，丰富了蔬菜的品种，同时也保证了最底层的生产者不受市场低迷的冲击，都会有比较理想的收入。这个家庭农场机制是吴宇想出来的。弟弟原来在长沙做厨师，弟媳妇怀孕后，也在考虑怎么抚养孩子的问题。想要他们一家回来，就得让他回来有事可做，而且工资要足够养活一家人。

单纯发工资，每个人都像是在为吴宇打工，这不是最好的选择，而把他们都变成合伙人，每个人，包括一起来种菜的邻居，负责不同环节，也都有了自主性，发挥了自己的主观能动性。种得多，收获得多，赚得就多，邻居们也不是帮工，他们也是一个小型的家庭农场，除了种菜，还能有富余时间到处打打零工，很适合在乡村带孩子的老人们。

把净水净土还给我们的孩子

吴宇的妈妈就是在这个机制设计里，找到了自己。

像吴妈妈这样的农村妇女，基本都是家庭主妇，她们既要在老公外出打工的时候包揽地里大小农活，种田种菜比男人还要顺手，另外还要照顾家庭，拉扯大儿女。但是她们没有出去工作过，价值也无法被看到。

吴宇请了妈妈专门来帮她养猪。刚开始她不同意，养猪不赚钱是她过往生活经验告诉她的。吴宇答应，先从养一头开始，无论市价怎么浮动，她用高于市价的固定价格包销所有猪肉。吴妈妈喂养的土猪肉，一送到会员手中就好评如潮。有一年外省市猪瘟，猪肉市价大跌，但他们家的土猪不受影响，价格还如常。吴妈妈信心大增，隔年开春，还不等吴宇问，她就做好了喂养计划。现在吴宇家每月要杀两次猪，会员每次都要靠抢购才能买到。

吴宇妈妈养猪还有地利之便。不用单独种地瓜、南瓜去喂猪，每次配菜剩下的菜叶子剁碎就可以给猪吃，省事还环保。生产的猪粪可以发酵后堆肥，用于菜地施肥。整个农庄形成了一个生态循环系统。

◎孩子们兴奋地在泥巴水里摸鱼

　　吴宇想得很长远，种生态有机蔬菜，水和土壤最重要。刚回乡种田，家里和其他邻居一样，都是把各种垃圾扫到地里一起烧了然后就地填埋。吴宇通过看书知道，塑料烧了会污染空气和土壤。她买来几个大垃圾桶，比市里的垃圾分类还要严格。菜叶喂猪，果皮和厨余用来堆肥，纸壳可以回收或者盖在地里保温防止杂草，塑料、电池单独回收，送到回收站。

　　刚开始家人不理解，后面连四岁的小侄女都懂得分类，家人也都发现这样做非常方便。来他们家玩耍、参加活动的城市家庭，上的第一堂课就是生态环境文明教育。除了垃圾分类，她还教孩子们制作环保酵素。各种果皮、老菜叶菜梗都可以和红糖及水混合后发酵，制成酵素。酵素可以用来喂猪养鸭、肥沃土壤、菜地除虫，清理猪圈和下水道，甚至洗碗。

　　来到慢享农家的孩子从胆怯怕生，到完全放开自我。他们跟着吴宇设计的路线，认识种子，分组采摘果实，认识地里的各种虫类。夏季捉鱼是大人小孩都喜欢的项目，一个个钻进泥巴水里，抓住滑溜的鱼儿后兴奋得直跳，一不小心就滚成了小泥人。捉来的鱼，大人帮忙杀了，晚餐就能端上桌。许多孩子在吴宇家第一次自己动手切菜、炒菜、洗碗，在端午节，孩子们还第一次动手包了粽子。

　　来玩的孩子大多数是她的会员家的或会员的朋友家的，刚开始只是想来吃吃农家菜，体验农家生活。吴宇想到，许多会员的孩子都是在城市长大，配菜的菜都不认识更不用说怎么做。她想通过一次次的周末活动，推广自然农耕教育，让孩子们不只是亲近土地，知道自己吃的东西从哪里来，也希望孩子们在动手和协作的过程中，用自己的双手喂饱自己。学会照顾自己，陪伴自己，是大人们可能忽视对孩子们来说却尤为重要的一课。

自从怀孕以后，吴宇感觉以前想做却没能做的一些事变得越来越重要。自然农耕教育、环保教育和二十四节气食育在她的计划中是重中之重。让更多的家庭明白选择当地食材、生态食材的必要，支持更多的小农改用生态种植方法，城市农村的土壤、水才有改善的可能。吴宇一直说："我从老爸的手里接到一片净土净水，我希望我崽将来也能从我的手里接到同样的一片净土净水。"

早上五点，女儿醒来，吴宇会抱着她在地里走一圈。两个小侄女在这块土地上长大，她们认识地里的大部分植物和动物，享受雨天跳舞和泥沙中玩耍的快乐，吴宇也在节假日带着一家人去周边的动物园看看，去旁边的草莓农场摘草莓、钓龙虾。吴宇说："农民们安居乐业，我们居住的农村才会发展得更好，日子才能美滋滋。"

陈统奎 |

辞职卖荔枝，十年修来家乡美

陈统奎小时候的梦想是当经济学家。

他的老家海南海口市永兴镇博学村，距离海口美兰国际机场只有25分钟车程。20世纪90年代，村子里还没有一条硬化道路，从家里骑自行车上小学，一路都是石子，骑到学校屁股也开了花。13岁的少年有了一个理想，长大有能力了一定要努力改变家乡落后的面貌。

长大后成为记者的陈统奎在城里挣生活，因为一次出差改变了他对农村的看法。32岁那年，他辞去记者工作，以一个创业者的身份回到家乡，创立"火山村荔枝"品牌，把村里的荔枝卖到了全国各地，他也成了登上哈佛大学商学院讲堂的新农人代表。

这看上去是一个典型的返乡青年创业致富的故事，但细聊下来却并没有艰辛的励志色彩，反像是果敢少年一场无以类比的冒险。陈统奎凭借知识走出山村，以独特的性格穿越了梦想家与实干者之间的壁垒，他说他是个现实的浪漫主义者。

敢想敢做的文学青年

秀英港是海口市通往对岸大陆的最主要客运港口。1998 年，读初三的陈统奎就从这里出发第一次踏进了大陆腹地。他写的作文获得中央电视台《第二起跑线》栏目征文比赛的三等奖。为了去领奖，他独自一人坐轮船，转绿皮火车又转特快列车，历经三天，终于到了首都北京。18 岁的少年自此开了眼界，岛外的世界远比他想象得更加丰富精彩。也许从那时候开始，他就从敢于做梦长成了敢于追梦的青年。

凭借生花妙笔，他一路被保送至琼山高中，而后进入全国排名前列的南京大学攻读新闻系。从贫穷的小山村一下走进繁华的金陵城，说没有自卑是假的。陈统奎说，当他为一个月两百块钱的生活费苦恼时，同学里有人已经用上了苹果电脑。他积极努力学习，内心长着出人头地的志气，但他的娃娃脸上，看不到寒门子弟的苦大仇深，见过他的人都说他乐观开朗。大学毕业后不久，他就进入全中国最好的媒体之一《南风窗》，便不再自卑了，工作如鱼得水，只顾得上风风火火闯九州了。

2009 年 9 月，他第一次去了海峡对岸的台湾，那一年刚好是"台湾

方向对了，

很多事就会水到渠成。

921 大地震"十周年。他到访的南投县埔里镇桃米生态村，1999 年被震得满目疮痍，不只房屋被毁，人口外移、劳动力老化的矛盾更让人惊心。台湾的很多社会精英，尤其是以《天下》杂志两位记者廖嘉展、颜新珠夫妇为代表的知识分子投入了桃米村的灾后重建与社区营造中。十年后，桃米村成了一个村民自主、生态复育、生态旅游经济带动全村发展的明星村。

这是陈统奎第一次听说社区营造，第一次认识到返乡人的努力真的可以再造故乡。离开台湾前夕，他在台北的淡水河畔许了一个愿，他要回到老家海南，再造故乡博学村。

有成功经验在前，从台湾回上海后一个多月，他就飞回海口，拜会省市区各级领导，把村民们约在了自家前院开了个大会，当下成立了博

◎博学生态村

学生态村发展理事会，他担任首届理事长。会上决定的第一件事就是修路。他们要把石子路改造成山地自行车赛道，当时的计划是策划一个海南岛乡村山地自行车赛，让博学村一炮而红。村民们被返乡做大事的统奎感染，免费出让土地，又出工又出钱，先把路修好了。后来政府拨款下来，他才把村民垫的钱还上。

也是在 2009 年，陈统奎带着初生牛犊的无畏先后给海口市委书记和海南省委书记写了信。写给时任海南省委书记卫留成的信，让博学村免去了整村被房地产商开发的命运。另一封写给时任海口市委书记陈辞的信，为村里争取来了第一口灌溉机井。

陈统奎的父母让出家里一片林地，盖了全村人可以使用的水塔，一棵棵菠萝蜜树、荔枝树、椰子树倒下，村里最不看好陈统奎的"挑刺大王"，也被感动了，积极参与村里改造的大小事。灌溉机井弥补了火山土壤不利于积蓄水分的弱点，原本靠天吃饭的荔枝树、蔬菜大丰收，村民们的日子一天天好了起来。

辞职卖荔枝，与勇气无关

敢想敢做，个子不高的陈统奎有着许多人没有的强大自信。他相信自己做的是对的事，就一往无前着手去做。我问他可曾有过迷茫的时候。

他说小事上有困扰，但大事不迷茫。"知识是自信的来源，是破解迷茫的武器。"

他常常做出惊人之举，却说这与勇气无关。只是因为这件事好玩或者不好玩了。

2011 年底，他回老家开了村里第一间民宿"花梨之家"，请了全村人来吃饭，办了场乡村音乐节，比他的结婚喜宴还热闹。2012 年，他和海南岛几位返乡青年一起发起举办了第一届全国返乡论坛。来参加返乡论坛的北京有机农夫市集操盘手常天乐给了他一个启发：民宿周边满是荔枝林，带领荔枝农转型做生态健康荔枝，隔年可以拿到北京有机农夫市集上卖。论坛结束后不久，他就辞去了《南风窗》高级记者的职务，决定返乡创业。

"我不知道我要卖荔枝，但确定是不要当记者了。不好玩了。"辞职以后，他一边在上海财经大学社会企业研究中心做研究，一边尝试了开咖啡馆、餐厅和茶馆，想认真学习经营。老家的事情当然也没有放下，他跟村里的四户荔枝农签订契约种植协议，用"转型自然农法"种植荔枝，不打除草剂、不施加化肥、确保零农残，荔枝成熟时他会以市场价格的一倍包销。

2013 年，陈统奎带着 500 盒共 1500 斤荔枝北上，在北京有机农夫市集销售。一斤 40 元不包邮，高出了市场销售价一倍，没想到被一抢而空，第二天紧急空运过来的 500 盒也被预订光。他的假设通过这次销售得到验证：在北京、上海这样的大都市，已经有一批小众群体更注重健康、尊重小农价值的消费者可以稳定支持自然友善种植的农产品。

2014 年，他和几位返乡青年合伙建立了公司，注册了火山村荔枝品牌，想要效仿日本一村一品运动，带领乡邻在荔枝上做大文章。

想不到暴风雨却在此时来临。第一年火山村荔枝只卖出了一万斤左右，相比整村的产量实在少得可怜。与他合作的荔枝农卖出了好价钱，而剩余的农民却只能贱价卖给中盘商，有愤怒的村民跑到村口大骂陈统奎，是"骗子"，只会"车大炮"。承受不住乡人的舆论，与他合作的农夫有的退出，有的不敢公开和他合作。

箭已经在弦上，不得不发。他决定把契约合作的农户范围扩大到永兴镇，不局限于自己的村庄。除了售卖新鲜荔枝，他还尝试开发荔枝酥、荔枝干面包等副产品。可惜，投入了 100 多万元开发的荔枝酥并没有如预期地开辟出新的市场，陈统奎只能忍痛放弃了这个研发了两年的产品。

当然也有意想不到的美好事发生。2014 年，他认识了新农堂创始人钟文彬、乡土乡亲创始人赵翼、维吉达尼联合创始人刘敬文。在农业的不同领域精耕细作的四个年轻人一见如故，对当下社会对食物、农业、农村、故乡的反思有了更深切的认识。在北京吃着麦当劳，第一次见面的四人决定组成 Farmer4 新农人组合。他们提出"再造故乡"理念，倡导新农人们从世界各地吸收先进理念，回到乡村，因地制宜地创造属于每一个故乡每一个个体的生活方式。

Farmer4 第一次亮相就是举办千人演唱会，演出的地点在上海浦东喜马拉雅大观舞台。之后又在北京和深圳举办了大规模的演唱会、宣讲会。《南都周刊》发表了封面报道"再造故乡"，湖南卫视《天天向上》栏目组邀请了新时代的 Farmer4 组合上节目唱《流星花园》主题曲。连《人民日报》也对他们做了一整版报道。

通过商业媒介、文娱节目与主流大报，"再造故乡"触动了这个时代每个人的内心。

不怕别人说我是生意人

千人演唱会、上电视唱歌跳舞，Farmer4 的"营销"让许多传统农人大感惊讶。我认识 Farmer4 里的三位，觉得很意外，外表有些腼腆的陈统奎是他们四个中最放得开的。"我不太有包袱，不是非要拿一等奖。我只想着要去比赛，要去唱歌，要去办演唱会，要一个过程。"他笑称自己就是个"奇葩"，都是抱着好玩的心态在生活。

就像当记者的时候，他没有给自己设个目标非得拿中国新闻奖。返乡创业以后，他也不强迫自己要在短时间里卖掉多少荔枝，赚到多少钱。

◎ Farmer4 参加《天天向上》，演唱《流星花园》主题曲

在上海买了房子、车子，"还是豪车"，他说，"不要怕人说你是商人、生意人，你要先把自己的生活过好"。拥有了生活的自在自信，陈统奎说他对未来能赚多少钱没有多大想法。"人生很短，希望我的人生更丰富更多彩。"

他和不同行业的人跨产业合作，推出荔枝啤酒、荔枝汽水和荔枝冰激凌，为此他成了四家不同公司的法人。2016 年，他还策划了"包机"上京卖荔枝的壮举，想借助生鲜电商与快速物流网，打响"互联网＋品牌农业"牌子。也是在这一年，四处学习的他在日本接触到了"6 次产业"理论，豁然开朗。未来的方向选定了。

所谓"6 次产业"是一种产业逻辑，日本等地的农村社区，不只售卖第一产业的农作物、农产品，还把加工、销售、服务等二级、三级产业融合进来，打造了一个 1*2*3=6 的 6 次产业园区，做出 6 倍以上的附加价值。

日本高知县的马路村是"6 次产业"的明星村，全村只有约 1000 人，九成土地是森林，是有名的"柚子の村"。村子里开发柚子汁和柚子酱油，一年能卖 1000 多万瓶，年收入近 3 亿元人民币。马路村还兴建温泉民宿，每年举办锯木节，建立"特别村民制度"。每年有五万名游客到访，他们来买的不只是柚子，而是整个马路村。

他想到老家火山村所在永兴镇，一共有 2.3 万名荔枝农，荔枝林 1.5

万亩，年产值是1.3亿元。可是在大城市里卖价高达90元一斤的"荔枝王"品种，遇到丰收，地头价竟然低到1.5元一斤。2019年，他老家博学村的"荔枝王"更是绝收，至今找不出原因，严重依赖第一产业的村庄几乎遭受了"灭顶之灾"。

与陈统奎签订契约耕种的邻村"妃子笑"荔枝农还算幸运，2019年产量与去年持平。但是受两次厄尔尼诺现象影响，2019年4月和5月，海南岛两度出现40摄氏度高温天气，"妃子笑"荔枝提早上市，超过了过去20年的最早记录。可是与他们合作的两大渠道一条、融创，都把火山村荔枝的销售期排到了5月20日之后，档期定下无法更改。等到5月下旬，"妃子笑"差不多也过了采收期。

这两个现象再次证明农业的高风险性，无论丰产歉收，荔枝农人都非常被动，没办法赚到钱。陈统奎认为，要看到这片土地的希望，势必要参考"6次产业园"，做出一年365天都可销售的荔枝加工品。2019年，他已经请了建筑规划公司设计火山村荔枝产品体验中心，升级华丽之家民宿成荔枝主题精品民宿。他的构想里还包括了精酿啤酒餐厅、冰激凌屋、荔枝干面包工坊、火山村直卖所等场所。

参考日本濑户内海艺术祭上的丰岛美术馆，他还想开设火山冷泉自然美术馆，让游客们体验海南岛罕见的火山村地貌。他们的荔枝、火龙果是种植在沉寂的火山上，一半以上的地貌仍然保持着原始生态。"如

果成功做成'6 次产业园'，产值只需提高一倍，人均年收入就能提高
5652 元。"陈统奎在微信文章《从 0 到 6，打开火山村的最佳方式》中
这样写道："根据日本的案例经验，至少要花十年，才能真正实现'6
次产业革命'，实现他从返乡之初就提出的口号'让人民看见财富，再
造魅力新故乡。'"

我问他，这么大的产业园如果真的建成了，是不是就要举家搬回海
南岛。他在南京、上海居住的年头已经超过了自小长大的海南。从 2009
年返乡从事社区营造，尔后返乡创业，陈统奎都始终在老家和上海两头
跑，除了做乡村的事，城市里的事也都没有耽误，这几年他同时在帮多
家企业做品牌顾问。

他并不鼓励大学生一毕业就返乡创业，而是建议他们在城市里积累
工作经验和人脉，有了新的思维后，再返回家乡找到适合自己的生活方
式。第一次接触半农半 X 理念时，他非常开心，好像得到了一种道德确
认。像他这样住在城里，每天一睁眼想的是几千公里以外一个小山村的
事，他把这种生活方式叫作"非物理返乡"。

面对我的追问，他不疾不徐，说十年返乡路，让他意识到，几乎所
有的进步都来自偶然的灵感，方向对了，很多事就会水到渠成。"等时
机成熟了，百分百会回去。"

梁少雄 |

友善耕种，努力传承乡土生活文化

梁少雄从来不算个都市人。在北京梁漱溟乡村建设中心（梁漱溟中心）工作五年，却从没有想过留在北京。他和一帮年轻朋友住在郊外的一座大院子里，偶有需要才会进城，坐在地铁上看着各色广告，对这座城市他感觉到陌生与疏离。

他的梦想是某天能扎根在乡村，过上与大自然亲近而且实在的生活。这个梦想因儿子的出生提前到来。2015 年，他和妻子带着一岁的儿子搬到了山西永济蒲韩乡村。这个有着近 20 年合作社经营基础的农村，村民自立互助，还保留着晋陕豫三地的文化传统。这是他们为孩子选择的新故乡。

"我们这一代多少都还有点农村生活的完整记忆，现在的 95 后、00 后，越来越缺失乡土观念。"随着大批农民赴城市打工，乡村的生产凋敝，孩子们的童年不复有日常的农耕记忆。手机、电脑连上全世界的网络，唯独看不见眼前的乡村。

从支农大学生到乡建青年

梁少雄的故乡在陕西陇县梁甫村。他回想起自己小时候，放牛养猪，种麦刈麦，重整土地，修路盖房，样样都要做。虽然当时嫌农活累，有时想着逃避，但这些经历让他的童年和青少年时期不是一片空白的，甚至成为他日后参与乡村建设工作的第一手感性素材。

2007 年，梁少雄考上山西农业大学。不到两个月，大学的兴奋劲儿和新鲜感，就在迟到、课堂睡觉、沉迷游戏等日子中消失。这不是他想要的大学生活，他开始变得迷惑，只能把精力寄托在足球场上。

那一年梁少雄的室友受电视剧《恰同学少年》的影响，计划创办一个以宣传历史和时事，提升大学生社会责任的社团，邀请梁少雄加入。在参与创办社团后，梁少雄接触了校内已有的支农青年，在大一寒假随团到山西大同倍加造镇西骆驼坊村下乡支农。

原本他们只计划开展支教、文艺汇演、村庄调研等活动，六七十岁的老人们却在晚饭后从火炕的席子底下拿出一沓沓材料，向他们哭诉高速公路征地、补偿款纠纷等问题，甚至向他们下跪，希望这群大学生能

北京，
是很多年前为远足吗？

帮忙向媒体反馈，向社会表达他们的诉求。

年轻人的正义被激起，试图去求助，才发现他们连事情的前后经过都梳理不清楚，谈何帮助？但这次下乡实践让梁少雄意识到，原来农村是需要被关注的。循着教育的轨迹，他曾经憧憬，考上大学就好好在城市里找份工作，接父母来享福。那次下乡结束后，他却对农村越来越关注。

之后的三年，他在支农社团里成长，前后到陕西、北京、河北、云南、广州等地参加支农下乡、抗旱救灾等与乡村建设相关的活动。参加了梁漱溟中心的几次系统培训后，他开始转变思路，认识到青年学生到农村，不是带着道德光环帮助农民，而是去自我改造和反思的。

大三下学期末，身边的同学们都在准备应聘或考研，他却已经清楚，自己想要的并不是那种只为赚钱的功利生活。有一天还在村里卖二手衣物（社团创业项目）的梁少雄接到了梁漱溟中心总干事刘老石打来的电话，问他毕业后的打算。他毫不犹豫地回答，想做和三农相关的工作。刘老石接着问当前有哪些平台可以做这些事，他竟答不上来。

刘老石邀请他先去参加第六期农村可持续发展青年人才培养计划。2010 年，他和当时的女友、如今的妻子梁云燕一起来到了梁漱溟中心参与人才计划，从那以后就一直留在了那里，负责青年培养工作。

乡建是自己选择的生活方式

在北京西北郊区温泉村一个占地四亩的农家小院内，他们俩和梁漱溟中心的其他年轻人居住在一起。他们给这个小院取名"新青年公社"，又名"西山雨舍"，大家同吃同住同劳动，平时种菜、煮饭、徒步拉练、玩三国杀、探讨交流，在这里过起了另一种样式的集体生活。他们俭朴、合作，互相信任，每个月只有 1000 多元补贴，却活得很开心，还能攒下一点钱。这是在北京的其他同学无法想象的生活。

2014 年，他们的儿子小雄出生了。对北京生活毫无预期，也并不喜欢都市生活的夫妻俩，决心带孩子离开。只是无论是回到梁少雄的陕西老家还是回他妻子的山西老家，都不是好的选择。"舆论压力太大了"，乡人们只会把返乡的他们当作城市的失败者。

当时，负责青年培养工作的梁少雄与团队成员也在思考，他们感召了一大批年轻学子参与乡建培训，但是等到他们大学毕业，却很难找到可以深入参与的相关平台，这让他们中的大多数感到迷茫、焦虑甚至后悔。

2015 年初的一个乡建论坛上，山西永济蒲韩乡村的一位工作人员与梁少雄探讨，他们在运城消费店有一个公共空间，设想与他一起做些能影响当地青年人的工作。蒲韩联合社是以永济市蒲州镇寨子村为核心的一个农民自发组织。民办教师郑冰和她的丈夫从一家农资店的免费农业知识培训开始，牵头举办了妇女跳舞及"家长里短"辩论活动，尔后成立寨子村村建理事会，改善村卫生环境、修路，介入农村生活生产的方方面面，包括农资、农产品、消费品统购统销，有机农业种植和技术推广，手工艺品生产销售及儿童私塾、老年服务、垃圾处理、社区教育、农耕文化等。这种创新的农村社会管理，带动了蒲州韩阳两个乡镇，43个自然村，3865户社员的综合发展，也让生活在其中的农民幸福感倍增。

梁少雄感觉到这正是他想要去深入学习的农村发展案例。住在北京城郊温泉村多年，却与当地村民没怎么打过交道，村子里也早就没有了正常的农耕生活。没有在农村一线的生活和工作经历，他感觉与青年人的交流始终不接地气。

2015年，他和梁漱溟中心青年培养部的同事商量，到蒲韩驻点工作。举办了十多年的农村可持续发展青年人才培养计划，也将培养基地转换到了蒲韩，并成立了蒲韩新青年公社。每年选拔 12 人在蒲韩学习，每月提供 800 元基本生活补贴，一年培训期结束后，会有一两位学员留下来工作。目前共有 12 个实习生和 8 个工作人员，包括 5 个家庭，在蒲韩工作。

他们成立了一家老石农场，种了 10 亩玉米地，养了 16 头猪，实践和推广发酵床养猪技术。这个技术由吉林自然农法养殖户李云凤从韩国自然农业创始人赵汉珪处习得，要点是从周遭的自然环境中采集来本地微生物，扩繁培养后，混入稻壳米糠中，制作发酵床菌种，置于猪栏内。发酵床做好后，可以直接在猪栏内分解猪粪，不用水冲，不用清粪，无臭味、不生蛆，无苍蝇。此方法同理可用于鸡舍养殖。

他们与蒲韩联合社合作，计划向600多户养殖户推广发酵床技术。此外还成立一家生态农业有限公司，与当地十多户农户合作，用参与式保障体系培育生产者，鼓励消费者参与和了解农产品的生产过程，建立互尊互信的消费关系。除了帮助农夫售卖时令水果、杂粮，他们自己轮流喂养的生态黑猪，也会通过网络售卖。

按照自己喜欢的方式把生活照顾好

自给自足一直是乡建青年试图去达到的平衡，但他们的目标又不止于此。他们更想要在乡村安放心灵和理想。梁少雄说，越是深入参与乡建，越感受到自身是最大最直接的受益者。"我们不是别人眼里的头顶光环，也不悲情，是一种正常的生活方式。"

刚到蒲韩时，梁少雄只是按照理性计划进入农村工作与生活，但进入农村之后呢？他不知道该怎么处理心的问题——他的未来该往哪里去。

因缘和合，2015年底到2016年初的两个月，香港社区伙伴支持他到台湾宜兰谷东俱乐部实习两个月。在那里，他接触到了宜兰平原上各怀理想、章法不一的小农们。这里的小农们进入农村后无一例外地选择了从事生产，这样才与老农有话可聊。他们既坚持自己友善耕种的理念，又努力传承农村的文化传统，比如熏腊肉、做汤圆等，他们用生活的心态为自己的理想奋斗着。在这里梁少雄解开了长久以来困惑他的问题——年轻人在进入农村后的自我文化认同问题。

此前，他所从事的乡建工作都是在理论上批判资本社会的逻辑，却无法深入感知到与自己的关系。这也是许多实习生毕业时面临的巨大困惑，想要反抗资本却找不到一条正确的路。他在宜兰看到的正是一条可供参考的路：每个人按照自己喜欢的方式把生活照顾好。"在农村，不图赚钱，如果还不能按自己的想法做事情，那就没法待了。"梁少雄说，快乐，是很多事情的连接点。

让新手父母头疼的教育问题

2015 年，他和妻子先到蒲韩安置生活，刚断奶的儿子在陕西奶奶家住了三个月。待他们回去接他，儿子已经不认识爸妈，晚上哭着喊着要回去找奶奶。这件事带给夫妻俩极大震动，原本已在蒲韩联合社工作的梁云燕决定辞职，全职带孩子。

◎儿子陪爸爸劳作

回到他身边后一个多月，孩子便自己慢慢学会用勺子、筷子吃饭。他们才发现，孩子并不是不会自己吃饭，而是家长剥夺了他们的权利。两岁不到，儿子就开始在他们的看护下玩刀、锯和火，他很懂得在探索新事物的同时保护自己。

这对新手父母，从儿子的身上得到了许多启发，"父母到底要给孩子提供怎样的教育环境？什么样的教育才是好的教育？"他们认为，让孩子找到自我成长的教育才是好的教育，而农村恰好有得天独厚的资源去滋养孩子。

蒲韩联合社创办了一个践行"亲情、亲自然、亲乡土"三亲教育理念的儿童私塾。3—6 岁的孩子混合上学，没有教材。孩子们每天都要花两个小时在自然、田野中观察、玩耍，感受四季的变化，在自然里就学会了数数、颜色和树的名称。每日诵读《三字经》，老师用当地方言唱当地童谣和戏曲，还带着孩子们一起动手做面条、花馍。每个传统节日都按照永济当地风俗来庆祝。每逢有孩子生日、儿童节和毕业典礼，家长们会一起来参加，帮忙制作花馍蛋糕，做手工玩游戏。

用乡村的逻辑解决问题，
不只是要让自己过得好

这些年，城市发生了巨变，乡村也在变化。城市的发展理念被奉为圭臬，农村特有的价值连农民都不再珍视了。梁少雄感到危机紧迫——农村的问题就是人的问题，怎样让年轻人留在乡村？并不是提高收入，让年轻人多赚钱就可以，解决不了教育、医疗问题，年轻人还是会流失。

这几年间，他意识到，中国乡土社会的知识和资源，正好可以帮助他们解决资本社会的难题。无论身在农村还是城市，中国人都面临着食品安全和环境的问题，以及对教育和医疗的焦虑。无论你有钱没钱，这四个难题，谁都逃不过。许多人开始反思，渴望回到乡村，远离雾霾，亲手种植安全放心的蔬菜，却担忧城市与乡村教育与医疗资源的失衡。

◎儿童私塾过元旦

他却认为，回到乡村，运用乡村的逻辑便可解决这些问题。教育的核心是家庭教育而不是学校教育，而夫妻关系是家庭关系的核心，一个好的氛围，可以让孩子更自由地去探索和塑造自我。城市里的孩子，把大部分的时间和精力都用在了学校和补习班教育上，忽略了真正重要的家庭教育以及与自然的互动部分。而医疗问题的背后，实际上是一个人或一个家庭认同什么样的自然关系，梁少雄认同中医的理念，注重人与生俱来的自我平衡与修复功能，就像果树与土壤的关系一样。

在他看来，乡村的文化价值自信，不是在批判城市困境中自然产生的，而是回归生活本源，重构可持续的生产生活秩序，特别是在农耕文明与智慧中解决教育和医疗问题。

2016 年，梁少雄在微博微信发起众筹，为蒲韩新青年公社装修一座农村小院，用于学习和生活。最终他募集到了三万多元，自掏腰包十万，其中借款八万元，租赁并改造了一个农村小院。小院里住着他们一家四口，也设立了蒲韩新青年公社的图书室和办公室，院子里还可以养鸡种菜。

目前他每个月工资除了给大儿子每学期交 1000 元学费，剩余的大部分都可以拿去还债。一家人在农村生活支出非常低，日常所需大部分都可以自己生产，少部分可以到熟悉的农户家购买放心的农产品。

这座小院一租 20 年。他和妻子已经决定要在蒲韩长久地生活下去，

◎与蒲韩城乡互动的小伙子们共同收割生态小麦

82

只有他们活得好，才能带动后来的年轻人回归农村。所以蒲韩新青年公社的口号是：首先是生活；其次是有意思；再次是有意义；最终是责任实现与文化再造。

梁少雄计划，在未来的几年，他和其他进入蒲韩工作的返乡青年，都要更紧密地从事生产。或者像宜兰的半农一样，种一两亩地自给自足，或者十几二十亩小规模生产。他们在农村生活的目标，不只是要让自己过得好，而是要和农户产生更多互动，从生产、教育、医疗、价值认同等层面，实现乡村的可持续发展，并将蒲韩的经验向外传播。

第二篇

给每一条河
每一座山
取一个温暖的名字

陈茹萍 |

在森林里搭盖自己的家，
她的植物手作让人找回对美的感知力

夜里 9 点，14 个月的儿子土豆跟着爸爸去村里看戏了，茹萍难得坐下和我打跨洋电话。

2018 年，12 月底的闽南还可以穿短袖，坐在年初搭建的第二间铁皮工坊里，她抬起头可以看到玻璃天窗外的青黛色的夜空和额外圆满的月。

"我们不是归隐，只是选择了当下最适合我们的生活地点和工作方式。" 2016 年初，新婚的茹萍跟着先生黑土搬回了福建漳州诏安老家，没有跟县城的公婆同住，而是在周边城镇河流入海口的三角洲上，一座植被茂密的小山脚下，亲手搭盖家和工作室。

返乡三年，他们动手盖了两座房子，要了一个孩子，用手作、绘画和摄影的方式展现植物美学，探索植物与当下生活结合的多种可能。不定期在城里举办展览，2018 年底，茹萍还出版了一本新书《不如做植物》，鼓励更多人向植物学习如何生活。茹萍说，她不认为人可以胜天，但是可以像植物一样，选择努力再努力。

央美毕业，我的本质是乡野的

茹萍的本名叫陈茹萍，生长于福建泉州安溪，一座以乌龙茶铁观音闻名的小城。

幼年时，因生父重男轻女，茹萍的妈妈离异后带着她生活。茹萍自小就心气高，想让看不起她的人都看着，自己比所有男孩都优秀。她极其自律，说话做事都快。从小到大，妈妈都不能催她写作业，"因为催我就是对我自律能力的否定"。

15 岁那年，茹萍顺利考上了当地最好的中学安溪一中，妈妈却开心不起来，因为女儿每次打电话给她都说，一进教室就想哭。她很清楚，女儿是那种会给自己加压的人，如果压力大到她承受不了，说不定会出事。于是，只读了半年，妈妈就让她辍学了。半年后，为她转学到了一所乡镇中学。茹萍的舅舅在那里任职，可他不愿意让外甥女当自己的学生，因为那里收的多是成绩偏中后段的学生。

茹萍却很喜欢那里。学校背靠着一座大山，门口有一条大河，最妙

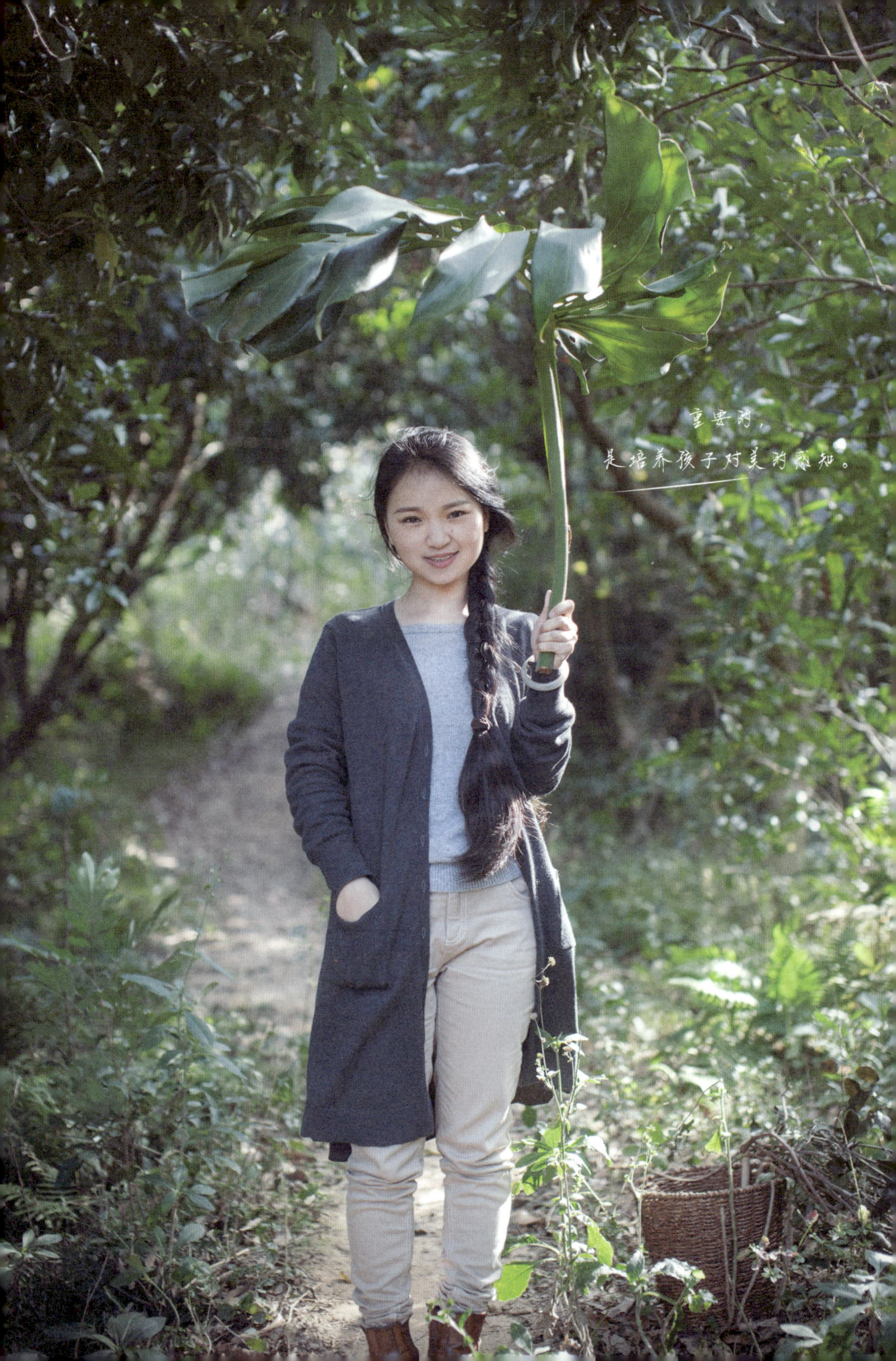
重要的，
是培养孩子对美的感知。

的是校园里还有一条小河。这所学校就像是茹萍的沃土。出名后她接受采访，说从她的名字就可以看出来，她对植物、森林有着一种宿命感。在这所亲近大自然的学校里，她感觉到了放松与自由，发现自己"本质上是乡野的"。

高二那年，一直喜欢画画的她决定参加艺考，备考中央美术学院。连舅舅都打击她，"你太好高骛远，复读两年都不一定考得上"。而且以她的文化成绩，考一个普通的重本肯定没问题。妈妈选择支持她，只问她，这是不是她真心喜欢的。高三的头八个月，19 岁的茹萍独自在北京备考，回来后只剩三个月备战高考。最后她做到了，从几十万考生中突出重围，成为安溪县第一个考上了中央美术学院的学生。

也许是比同学年长两岁，进入央美后她有计划地学了很多艺术史专业之外的东西，如版画、沙画、摄影、法语。大二那年，因为对艺术治疗产生了兴趣，茹萍自学了心理学，考上了国家三级心理咨询师，还考了托福、GRE，准备出国留学。因为妈妈的一句话，她放弃了留学。妈妈问她："你准备好了用这世界上最美好的东西去面对世界上最黑暗的人心吗？"她突然醒悟到，她学习心理学，只是对自己的内心感兴趣，并不想要医治全人类的心理问题。

她担忧单亲家庭长大的经历，会对以后的婚姻和亲子关系造成不好的影响。居安思危，及早疏通解决，一直是她的处事方法。她试过学习各种新事物，还曾孤身到伊朗穷游。偶然间，她从永生花制作跨界到植物手作。在干燥植物、潜心创作的过程中，她感受到了前所未有的"心流"体验。清晨，准备好花市上常见的蔷薇果，搭配南方山地常见的蕨类芒萁，或者不多见的海铁树，铺好画布，水彩颜料和植物结合的灵感，让她始终处在一种兴奋和充实感中，一天一下就过去了。

2014 年底，大学最后一年，她开通了微信公众号"一朵"，成立自己的植物手作品牌。她说就像尝遍了所有味道的美食家一样，她已经笃定了自己喜欢什么、要做什么，决心毕业后就回南方，用这种全新的创作方式表达自己、疗愈自己。

遇见爱情，一起回乡盖座山野间的房子

爱情就是这样子，当你准备好了自己，它突然就降临了。

在厦门闷热的夏季里闭门创作的茹萍，因一个 App 项目遇到了程序员陈杰思（茹萍称他黑土）。相差七岁的俩人，迅速坠入爱河，相恋三个月就结婚了。婚后，杰思带茹萍回到自己的老家漳州诏安。茹萍几乎一眼就相中了这个没有受到工业污染的山明水秀之地。她劝说杰思，一起搬回老家生活，反正程序员可以远程工作。

年轻的夫妻俩在县城里找了很多闽南老宅，想要改造修复用作工作

室和家，却因为环境太过嘈杂和修缮成本高而却步。有一天傍晚，他们开车经过县城郊外一座桥，看见对岸三角洲上满布茂密植被，还有一座小山，四面环水，水面上白鹭一片，过桥时还能看到当地人在放牛。"这就是我想要的生活。" 茹萍决定要住在这片美景里，还有别的因素，这里离县城开车只有15分钟，网络通畅，收发快递都很方便，很适合他们这样的自由职业者。

打听之下，得知这块地主人还与杰思的叔叔是战友。他们很顺利地签下了十年租约，综合考虑决定选择最便宜的白色铁皮搭盖住房。家里的亲戚们都来帮忙：二伯会水电，继父帮忙整理平地，公公负责人际统筹。因为很难找到合适的木工，杰思亲自去学，买了进口工具，茹萍也上阵割木板、砌地基。

没有画出来的规划图，方案都在茹萍的脑子里。她跟亲戚和工人说，这里要开窗，这里要弄灶，那里又要留作玻璃落地窗。她收获最大的，是在这个过程中与婆家人真正成了一家人。新妇嫁入，彼此间的关系还很客气。一起动手盖房后，亲戚们不再用胡闹、不解的固有眼光看待返乡的年轻夫妻，理解了他们内心真有自己的打算，连审美都被新娘子带好了。遇上茹萍去办事不在现场，他们都要带电话确认新涂的漆，颜色是不是她想要的。茹萍也感觉到，婆家人是真的疼爱老公也疼爱她。

100平米的铁皮房里，除了冬冷夏热，其他都如她所想。亲手用树枝、荔枝木制作的灯具、家具，移栽的树木，在阳光充足的玻璃房里，生长得极好。200 平米的大院子里，各地移来的草木、藤蔓，亲手种植的花草，还有屋后的小森林都是她创作的素材来源。2016 年，一篇文章让她从福建乡野红遍全国。"90 后美女隐居深山，仅花六万块在森林里造了 300 平米的家"，每一个词都刺到时下主流人群的痛点。茹萍一下冲到了微博热搜前三，腾讯新闻也把她的故事推到了微信主页面上。

两年后的现在，茹萍有点后悔自己当时没有趁机多涨点粉。她当时的反应是，让朋友不要 @ 她，她并不想红。结果，因为她诏安的搜索率在很长的一段时间里都高出厦门，还有一些游客到她家门口来观望，看看她有没有开农家乐或者民宿。

上海知名花艺品牌野兽派的合作订单邀约，让她意识到，红了也是有好处的，茹萍说，红了以后，她更加坚定想要在乡下生活。因为如果没有红，可能几年后还会想是不是在城市会有不一样的结果。

自然美育，让孩子找到感知幸福的能力

2017 年，茹萍接订单创作的同时怀孕了，在年底产子。蛰伏的这一年，她说服了自己接受良性商业的形式，分享传播她的艺术理念和生活态度。

"商业并不可怕，可怕的是对自己要求的降低。" 2018 年，她开

◎父子俩的欢乐时光

了淘宝店和微店，与 muji 等 20 多个品牌达成线下空间合作，不时会做展览、快闪店铺和长期合作。

儿子土豆的降生，让她多了一重生命体验：当妈妈，做一个小婴儿的照护者和教育者。她从孩子身上感受到儿童对动物和植物的天然亲近。不像大人想象的脏、危险，大自然在孩子的眼里是安全的有生机的。

孩子的玩具盒子成了她新的创意灵感。她把孩子的玩具斑马、长颈鹿放进她制作的森林盒子里，搭配手作教程，一起售卖。有意思的是，一朵以前的创作，都是孤零零的一头鹿或一只松鼠，森林盒子里却往往是母子俩或者一家三口的和谐画面。

"重要的不是告诉孩子，什么是美，而是培养孩子对美的感知。"

茹萍觉得，未来的世界变化已经超过父母现在的预期，她想要重点培养孩子的两个能力。一个是专注力，未来知识的获取只会越来越容易，有了持续专注的能力，才能运用好这些知识。第二个是对幸福的感知能力。孩子将来长大，无论成为成功人士还是普通人，有了这个能力都不会过得很差。

茹萍相信，这两种能力都可以从植物手作，也就是她的生活方式中获得。她计划未来一两年通过出书和植物手作课程的方式推广她的自然美育理念。实际上，她也在 2018 年 9 月与"开始吧"合作众筹项目，在各大城市线下空间，如书店、咖啡馆、花店等，推出植物美学推广计划，除了售卖作品、提供装修方案还有线下美学课程培训。

土豆才两个月，茹萍就带他登上了湖南卫视《天天向上》栏目，一路以来都在带着儿子工作。妈妈是她的得力帮手，老公是她的程序开发后盾，她的表弟和老公的堂弟分别被请来帮忙做视频教程和全职客服。这两年，她还培训了村里三五个阿姨来帮她制作，她只要负责创作、头脑风暴就可以了。

对茹萍来说，画画、写作、开发课程都不是压力，而是放松。最耗费她心力的，是与供货商沟通、人际关系的处理等生活细节。在乡下生活，每个家庭尤其是主妇的一举一动都被放大到众人眼底，做饭、做家务被看作理所当然，女人抛头露面接受采访也会被认为是不够贤惠。

曾经有人在她的公众号下留言，问她不担心在乡下看到蛇，好多蚊虫，还没有夜生活吗？茹萍说，这些所谓的不便对她来说完全没有问题，现在的生活就像是呼吸一样正常。这里有全福建最好的水、最丰富的物料资源。沿着小岛跑步，带着儿子漫步森林，可以领略森林里晨昏晴雨不同的美，感受这片土地对他们最大的祝福。

也有一些人在等着看他们孩子长大后，会不会搬回城市。她并没有想过要回归主流的生活，至少在孩子上小学以前，她想把他留在乡野。未来的日子，她说不好会在哪里，也许是另一个更开放的地方。就像她的名字，萍是浮萍的萍。她觉得自己天生四海为家，不怕改变也不怕失去。

别人都说她一路以来的成长是剑走偏锋，她自己才知道这是随心而行。"人生没有虚度的时光，过去的每一天都是构成最后的自己的小小的基石。"她知道，当下是她想要的生活就足够了。

◎教孩子们制作干花

于建刚 |

从 4A 公司到最后的蚕丝手艺，
乡下有太多的事可以做

"半农半 X"的概念流行以前，于建刚就过上了这种生活。

每周一到周五，他在上海做品牌策略咨询工作，周五傍晚，坐 40 多分钟高铁回浙江桐乡老家，帮着妻子和母亲喂蚕、制蚕丝被、带孩子。前几年他还从父亲那里要来一块田，自己下田插秧、收割，过起了"男耕女织"的生活。

2016 年，他辞了上海的工作，也回乡了。直接理由是，刚上幼儿园的儿子状态不好，胆子很小，"也许是我这个爸爸老不在身边，不太好"。

不一样的间隔年

返乡务农、下乡养儿的想法，在他心里藏着好多年了。

15 岁，于建刚第一次远离屠甸镇，到桐乡上高中，"桐乡离上海太近了，那时候的城乡差异冲击，比我后来去吉林上大学还要大。男同学洗脸用的是有品牌的洗面奶，我连洗面奶是什么都不知道。"

和众多的农村少年一样，他被母亲教育"做乡下人太苦，好好念书，去做城里人"。一路从县城到省城，大学毕业后去了北京，但他始终无法摆脱农民出身的自卑，优异的成绩只不过守住了自尊。他在心里发誓，在什么地方跌倒就要在什么地方爬起来，以后要回到乡村工作，让城里人看到农业也可以是一件有意思的事情。

2008 年毕业，他进入广告界旗舰公司——奥美工作，工作体面、薪酬高，但紧张的节奏、日复一日的加班，并不符合他对生活的期待。更重要的是，他并不喜欢广告公司推崇的消费理念。他内心更渴望过质朴的生活，想要"回到农村，回归土地"。

该怎样缓解现实和内心的巨大冲突？他开始阅读与乡土、社会学有关的书籍，费孝通先生的《乡土中国》终于让他放下心中块垒。原来农民并不是自古以来就比城市人低级，这不过是后来人为的划分。

沿着费孝通、黄宗智、梁漱溟、赵冈、温铁军的传承脉络，2011 年春天，春天，我们就数鸽子；

夏天，我们就看风球；

秋天，我们就看海潮；

冬天，我们就晒日光。

他在辞职的第二天，坐车去了正在做乡村建设试验的北京小毛驴农场。当时的女友、如今的妻子梅玉惠也同时辞职，和他一起去做了实习生。他们对小毛驴推广的 CSA (Community Support Agriculture)，即社区支持农业模式，深感兴趣，希望借此实现回到自己村庄工作生活的想法。

其间，他又因各种调研项目在各地的农村地区轮转，"从京郊的农场，到中越边境的壮族村落；从西北的窑洞，到盛产八角的大瑶山；从古朴的侗寨，到喧闹的江南"，他收获了完全不一样的风情地理认知，交了一帮不走主流路线的朋友。

参与乡建和农村调研的这一年，是于建刚不一样的间隔年。

半农半 X 的新生活

2011 年冬天，两个又黑又瘦的青年回到家乡，完成订婚，一边也在找寻推广社区支持型农业的机会。于建刚在朋友的农场工作一段时间后，悲观地发现，他们没有资金、资源，也缺乏具体的运营知识及经验，很难将小毛驴那一套复制过来。

过完年，梅玉惠发现自己怀孕了，一整年结婚、生子的压力扑面而来。直到又一个冬天到来，夫妻俩才明白，两个人都留在乡下生活并不现实。于是，于建刚又回到上海从事广告业相关的品牌咨询工作。

但梦想并没有止步，他们发现家乡正河浜村是中国最主要的蚕桑产区，许多家庭世世代代都在养蚕、缫丝，用传承了千年的方法制作蚕丝被。只是工业化来临后，大部分的桑蚕丝被送进工厂，机制蚕丝被取代了手工蚕丝被。当地蚕农家里，只存着少量的双宫茧（即两个蚕宝宝一起做的茧子，区别于单个蚕宝宝做的），等待女儿出嫁时，制成手工被当作嫁妆。梅玉惠和姐姐出嫁时，一人带去婆家 28 床蚕丝被，这是妈妈在她们十多岁时就开始攒下的。

何不把这种传统技法传承下去，让更多人享受到呢？他们发现家乡传统的"桑蚕羊"生态链体系（即羊吃蚕沙、羊粪肥桑、蚕吃桑叶），正是现在提倡的环保无害的可持续农业。2013 年开始，他们从相熟的

◎蚕茧在方格簇中

养蚕人那里收来茧子，经过煮茧、剥茧去蛹、撑棉兜、阳光晒丝绵、拉被子等五道手工工序后，再套上被套，一条纯天然的桑蚕丝被子就制成了。

每条被子上除了打上"梅和鱼"商标（"于"谐音"鱼"，于建刚把网名改为"鱼见缸"），还标明了种桑、养蚕和制被者的姓名。在他们的官网上，记录有合作农户的照片、故事。于建刚深深明白，快速的城市化让江浙的养蚕、缫丝习俗日趋没落，他得为这些很可能是"最后一代养蚕人"留下点什么。

小毛驴农场实践和乡村志愿者的经历，让他们认识了一批从事生态农业的同道中人。大家彼此用信任为对方背书，帮助"梅和鱼"打开了渠道，第一年维持了收支平衡，孩子的奶粉钱算是赚到了。

挽救最后的蚕丝手艺

"梅和鱼"家庭农场以及淘宝店，主要由梅玉惠负责运营。她是于建刚的中学同学，从小家中也养蚕缫丝。她和婆婆一起在春天喂养四万只蚕宝宝，待它们经过四眠、四次蜕皮，就要准备上山吐丝结茧了。她们也收邻居家的茧子，请来村里老师傅们，完成从茧子到丝绵片的全过程。

最后两步，开绵、扯绵由梅玉惠和婆婆合作完成。不像淘宝上许多蚕丝被制作商，为了图快直接用剪刀破开绵兜。梅玉惠和婆婆一人站一边，双手抓住绵兜往后拽。这样拉扯的棉片，保存了手工剥茧得到的完整千米丝长。虽然慢——两个人一天最多拉六斤手工丝绵，也就是两床春秋被，而用剪刀速度提升三倍以上——但这样制作的被子至少可以用20年。

完全依赖手工，订单多的时候，两人常常加班到半夜。这两年，她把曾在丝织厂工作的妈妈也请来帮忙，手工缝被、缝孩子蚕丝睡袋。稍有空闲，梅玉惠便带着孩子到田间桑林玩耍。

这是夫妻俩感到庆幸的，老大从小就是个自然的孩子。快速城市化，让家家户户种桑养蚕的传统在江南慢慢消失。大儿子抓住了这个尾巴。养蚕是他童年的一部分，共享着父母那辈的记忆："从小帮父母采桑叶，养蚕，采茧子，桑葚吃到衣服洗不干净；和小伙伴在蚕室捉迷藏；偷吃祭蚕神娘娘的点心……"

正是出于对传统手艺日趋消失的紧迫感，夫妻俩在养蚕育儿之余，带着相机和录音笔，拜访周边村庄的手艺人，记录从养蚕到制被的每个手作细节。

他们曾想过再向前一步，恢复从丝绵到绵线、织锦的手作过程。好不容易找到一个竹制的传统纺锤，可惜连他们60岁的父母都不怎么会使用，就连制作这工具的竹匠都消失殆尽了。遍访周边，找不到传统纺车、织机，他们从新西兰买回羊毛纺锤和纺车试着恢复传统，可惜纺丝的效果并不好。

　　生产这条路暂时走不通，他们尝试着做"手艺教育"。2017年春天，他们在自家老屋和五亩桑林里，开设梅和鱼丝绸手艺学校，试图覆盖从种桑到织染的全部环节和技艺。第一期只招八人，一下就报满了，大多是没有经验的设计师、画家或艺术家。也许是目前他们主要集中在生产阶段，还没有做好面向公众的教育准备，同时也没有住宿、饮食等配套措施，这期的丝绸手艺学校，没有达到他们的期待值，目前也暂时停摆了。

◎孩子在桑树地里玩

从"返回家乡"到"返回传统"，代表着他们返乡六年的思维转向。

如今，手工纺线、手工缫丝、手工织绸甚至手工纺车，都从江南的民间生活中慢慢消失，手作蚕丝被技艺，是目前唯一还活着的民间蚕丝手艺。2009 年 9 月 30 日，它和江南整个传统养蚕生活方式等组成"中国蚕桑丝织"，入选了联合国的人类非物质文化遗产代表作名录。

◎在阳光下，晒丝绵兜

无论是从生活实用，还是从传承手工艺的角度，做好一条条蚕丝被，是他们当下最符合理想与现实的生活方式。返乡，对 85 后的他们来说，不是避世隐居，而是希望保留好乡土的智慧，最终带给住在城市和乡村的所有人。

创造另一种农村生活方式

刚回乡时，于建刚还想着在家兼职做品牌咨询的工作。回来以后才发现，农村有太多事情可以做。

一年要养四季蚕，除了养蚕制被，采访手艺人，打理公众号，他每周六晚上都会到当地一位儒学爱好者家中，学习读经，学写毛笔字。梅玉惠喜欢手工实作，报名参加了夯土、蓝染等多个工坊。他们也把触角延伸到当地特色农作物——杭白菊、榨菜的制作和技艺保存上。用来展示这些产品的店面，是梅玉惠采用安吉的传统的手工夯土技术，亲手设计装修的。

极佳的地理位置，方便他们到上海、福州参加农夫市集、CSA 大会、返乡青年大会和国际慢食大会等。到杭州、上海看展览也是一小时车程内的事。向外展示的过程中，他们得以验证自身的价值。这些他们珍视的本地传统手艺与智慧，也是外面的人所向往的。

　　许多国际知名设计大师、手艺大师、摄影师、纪录片导演前来探访，央视网拍摄了名为《返乡》的纪录片，他们是四组故事之一。2017 年，世界知名广告创意公司 BBDO 选中"梅和鱼"，作为进入中国 25 周年庆的设计创意合作对象之一。创意蓝本来自他们一对客户的爱情故事。朱太太在结婚 13 周年之际，请梅和鱼把他们当年结婚的誓词绣在手工蚕丝被上，作为礼物送给先生。

　　回到乡村生活，虽然没了靓丽的光环，经济收入也不如工作时稳定，但整个人的状态，却是自然又单纯的。

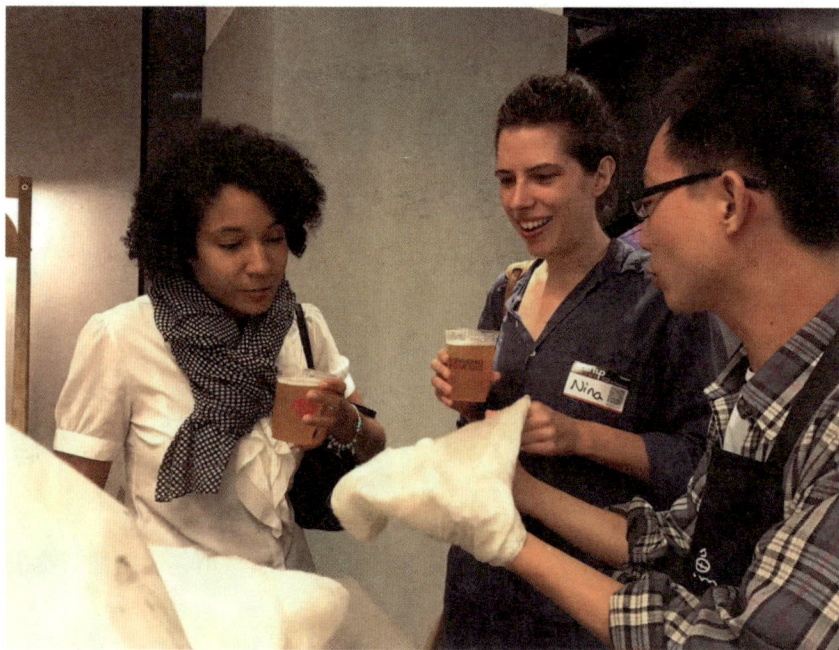

◎在上海裸心谷向外国友人介绍传统丝绸

他们正在践行的，就是自己想要的更真实更美好的生活。"春天，我们就放鹞子；夏天，我们就乘风凉；秋天，我们就看海潮；冬天，我们就孵日头。"于建刚说，"返乡创业和别的创业不同在于，没有一定要实现的销售目标，一意一念，过好当下每一刻。这就是生活本身。"

父母曾经有过怨言："早知道你们要回乡下，就不送你们去读大学了。"可是看着他们这一辈正在做的事，又和老一辈有些不一样。他们结合农村的各种传统智慧，正在探索"另一种生活"的可能。

时隔两年再次采访于建刚，他正在江苏吴江县开弦弓村——费孝通先生笔下的"江村"，今属苏州市吴江区七都镇，与一位导演一起拍摄纪录片，当地正在规模化地恢复养蚕事业，他一边做助理一边学习。

30岁的于建刚，再次返乡，终于不再自卑。他确信，自己终将创造一份属于自己的事业：生意人＋广告人＋品牌顾问＋摇滚歌手＋记者＋纪录片导演＋农民＋NGO＋人类学教授等等。

他希望，以自身的躬耕、创业，终有一日，为社会带去全新的乡村文化、全新的看待世界的方式，进而消弭"城乡"这组一直对立的概念。

返乡，不是结束，而是新的起点。

卢太周 |

北京白领太行山养鸡，他只想让农民做回普通人

　　"世有古北岳，常作神仙山。造化壁千仞，钟秀翠笼烟……"卢太周时常写诗歌颂老家河北阜平的神仙山。他是广告人，时常出差，一周内从哈尔滨飞到广州也是常有的事，万水千山走遍，他总觉得不如神仙山之万一。

　　到底这山有什么不一样？他说，大山里有冬日的暖阳，雪是白的，溪水是会唱歌的，庄稼是天地自然孕育的。闻到山风中熟悉的炊烟味道，多少疲惫都能卸下。中医提倡"身土不二"，他自学中医很多年，明白人的身体要与土地、环境和谐共生。

　　一头是北京的工作，一头是魂牵梦绕的家乡，从 2012 年开始，卢太周利用节假日在距离北京三小时车程的老家养鸡，还试过开发各种农

产和加工品，希望让家人乡亲过上更富足的生活，让深山中的农民被更多人看见。

上大学种蘑菇，赚取人生第一桶金

卢太周上大学的时候，比他的同龄人大了四岁，有的刚毕业任教的老师年纪还比他小。他第一次意识到南北方、城与乡之间的巨大差异。

他生长在太行山深处，教育水平极低。幼年时，因为身高不足，老师不让升学，他重读了一年级和四年级。升初三那年，因为代课老师走了，没人教课，他和同学们只能重读一次初二。高三那年他考砸了，又复读一年。

他是阜平县坊里村里考出的第一个大学生。高中毕业时，他家还没有电视机。如果不是复读那年，考上大学的同学给他寄来了台湾蔡志忠的漫画书，他连漫画是什么都不知道。大学同学谈论的日本动画、流行音乐，他一点儿概念都没有。加上高中时父亲过世，他整个人都封闭起来，外界于他没有任何吸引力。

华中农业大学是他的第三志愿，广告专业要学什么他也不清楚。许久以后，他才觉察出自己的幸运，农家子弟在农业大学里迅速打开视野，还有许多唾手可得的资源，帮助他打开内心的枷锁。

人的命运
是从这个地方出来再回去，
才是一个圆满的过程。

　　大一上半年，他选了一门有关食用菌的公选课。他一边上课一边想，这事可以在老家做。阜平是国家级贫困县，没有任何种植产业，蔬菜都要靠外地批发，更谈不上蘑菇种植。他立马跟留在老家的外甥联络，寄去了 VCD 光盘和学校实验室买的菌种。寒假回家，刚好赶上蘑菇丰收，他俩骑着自行车挨个村庄叫卖，过年前家家户户都想买点新鲜的食材，那一周他们赚了不少钱。开学后，他又去买了适合夏季的菌种，主要是灵芝。灵芝单价高，但有食疗效用，卖得也很好。可惜第二年他并没有持续做下去，他后来总结是自己没有南方人的商业基因，缺乏长远的规划。

　　好在靠知识赚钱让他不再过分自卑，慢慢走出了自我封闭的状态。他意识到人的见识半径构成了他的认知圈，对超出边界的东西接受度就低。于是他练习着拓展边界、模糊边界。大学四年，他除了本专业课程，还去上了经济学、哲学相关课程，接触到传统文化，学习了三年京剧，参与创建了华中农大第一个梨园戏剧社。许多熟识的朋友知道他喜欢泡茶、写诗和研究中医，但没想过他还收藏着一整套迈克尔·杰克逊的纪念版光碟。

　　大学四年他整个地脱胎换骨，也因此明白大山里的孩子身上带着极强的传统惯性，要想突破自己，必须开阔视野。待他工作以后，经常带哥哥姐姐的孩子出来见世面，"有见识才会有出息"。外甥女考上大学，他送的礼物是一台笔记本电脑。她们的时代，电脑远比漫画书重要多了。

太行山养鸡，他有自己的农村梦

2004 年大学毕业，他回到了离家更近的北京，成了一个"北漂"。刚开始半年，他换了两次工作，住在地下室里，许多时候只能吃泡面度日。幸好，那年 12 月，他进入了一家全国 4A 广告公司做文案策划。

广告业的辛苦众所周知，好在收入还不错，他的生活也慢慢好转。可是每次回到阜平老家，发觉孩子们的生活和所受的教育水平，跟自己当年并没有多大差别。青壮年纷纷出外打工，田地荒芜，乡村凋零。他惊觉无论留在村子种地还是外出打工，农民和农民工的帽子始终压在山里人的头上，他们的真实生活并没有人关注。

◎卢太周在太行山养的走地鸡

2011 年，卢太周跳槽到了一家国际 4A 广告公司工作，平台更好，收入也高了许多。彼时，整个社会的食品安全问题凸显，生活在都市的人更加不安。他萌生了回乡做生态农业的想法。考虑到老家山高水清生态好，2012 年春天，他用积蓄买了 2000 只柴鸡在太行山上放养。

工作日他仍然在北京上班，一到周末就回到老家养鸡务农，平日负责管理的就是当年和他合作种蘑菇的外甥。每周，他会通过大巴把装着柴鸡蛋和冷鲜鸡的保温箱送到北京，一部分卖给他的客户和同事，剩下的拿到北京的几个有机农夫市集售卖。因为北方规模养鸡的农户少，他们又有地利之便，一只鸡的利润能达到三四十元。

他的许多北京朋友去过他的老家，有几位有意向和他合作，建设场地等基础设施。除了养鸡，他还在山上种植金银花，也计划在未来投入枣加工品的生产，这些都是当地的特产。他准备了一份长达 15 年的生态农业循环计划，希望养鸡种植的事业慢慢规模化，村里的乡亲们都能留在老家工作。等生态农业的平台搭建好他还想建立一个乡村夜校，教给村民各种现代农业和生活的技能。他的理想是通过产业构建一个农业、农民、农村都永续健康的现代农业社会。

2013 年，他参加了山东卫视创业真人秀节目《梦想直达》，受到知名企业家陈光标在内的两位导师青睐。最后有五家连锁企业为他留灯，他提问的重点始终是，他要的那家店能否在乡镇发展，能否在家乡设立加工厂，给乡亲创造就业机会。最终他选择了北京农科瑞奇蜂蜜科技有限公司，寄望他们能够收购老家特产的蜂蜜，并在当地设立加工厂。农科瑞奇董事长孙淑珍女士称赞他提问专业，笑着承诺"如果你要在那儿，我就去设（加工厂）吧"。陈光标赠言给他："富而有德，德富财茂。"

走出大山再走进大山，创业不只是情怀

可惜，这次他们没能顺利致富。2013 年，中国首次确认 H7N9 禽流感病毒在人类中爆发。城市消费者陷入恐慌，食用禽类的人群骤减，他的鸡蛋和鸡都卖不出去了。眼见亏本破产，外甥也没有了信心，觉得养鸡创业还不如去城市里打工赚钱，每个月有稳定的收入，不受市场波动影响。

养鸡事业结束后，他大病了一场。两年多来连轴转的工作，让他透支了身体，精神压力也极大。他把养鸡当作回乡创业的第一步，想要证明给乡亲们看，回乡务农有 100% 盈利的保障。可是做农业就是这样，无论付出多少努力，最终的收获却并不可知。与农科瑞奇的合作也因各种原因没有成功，但孙淑珍女士介绍了北京农林科学院的专家给他，加上在华中农大校友会工作结识了许多农业产业相关的校友，他对返乡从农也有了更开阔的认识。不再强求与家人合作，而寻求更多专业伙伴的加入。

◎卢太周在太行山的老家

　　既然他的梦想是改变家乡落后的面貌，那这个梦想是不是由他一个人来完成并没有那么重要。如果专业农业投资的加入，能够让带领乡亲创业致富的梦想更大可能实现，他是否占大部分股份并不那么重要。曾经有外地的公司高薪挖他，他拒绝了。因为赚更多的钱并不是他的人生目标，让老家的资源得到妥善利用，让更多人看见山村的资源和秀美，让老家的人过上更好的日子，才是他的心愿。

　　我问他，为什么他的商业计划案动辄需要成百上千万元的投资，有没有想过先从小型的 CSA 农场做起，慢慢带动乡亲共同发展。他说，从农这么多年，他明白了南方与北方的文化差异，北方尤其是在他的老家，缺乏小型创业的文化土壤。只有让乡亲们看到真正有能人通过农业致富，才能改变他们的小农思维。

　　卢太周认为，中国的农业不只是一个单纯的农业问题，而是农村、农民和农业三位一体的事。只有改变了农民的思维和农村的传统社会结构，农业才真有可能实现可持续的发展。他身为农民的儿子，仿佛背负了一个原罪。这么多年，他和他的亲人在城市努力奋斗，不过是为了不让别人把他们当农民，而是当成一个普通人来看待。

　　什么时候农民和农民的儿子，不再用城市里那套"衣锦还乡"的成功学道理，而是用更豁然的心态回归故里，他的梦想才真正实现了。"我的概念里，人的命运是从这个地方出来再回去，才是一个完满的过程。"至于怎么才能回去，达归故乡，这些年来，他始终在探寻。

姚超凡 |

在潮安老家开一家三更书店，
带给乡人诗和远方

鱼饭的生物钟跟美国时间差不多。

半夜一点，店员们各自回了家，他才开始工作。浇花，温一盅清酒，放上喜欢的音乐，关掉多余的灯，只留一盏供他伏案到天微微亮。看见对面肠粉店亮灯开张，他关机起身，过街吃一碟肠粉一碗汤，吃完，跨上脚踏车回家去。老板看他离开，总不忘说一句："阿弟，昨晚又没休息啊。"

这是一天当中他最喜欢的时段。在自己开的三更书店里，享受难得的独处，做自己喜欢的事，也为晚睡的人点一盏灯。

返乡两年，设计师转身成书店老板

鱼饭本名姚超凡，广东潮州人，他的书店就开在自小长大的庵埠镇上。

庵埠，位于粤东两座古城——潮州和汕头中间，用鱼饭的话说，两头不靠，有种城乡结合的潮流感，是一个很奇妙的存在。

2012 年，鱼饭从广州的大学毕业后，和大部分的广东青年一样，选择了留在粤南珠三角，先后在东莞、广州、中山工作了四年。他大学念的室内设计，因为工作原因做了会展设计、平面设计等多项设计工作，一路来颇受器重，但他始终觉得距离自己想要的工作和生活方式有点远。

2016 年，家人有恙，他辞职回了粤东，在汕头一家室内设计公司做设计工作。这一年，频繁往返于城市和乡镇，他忽然发现，家乡怎么变成了这样子：古旧的建筑无人关注、保护；街道混乱，招牌被统一化，毫无个性特点；夜晚充斥着夜宵档混杂的吵闹声。而在设计师的眼睛里，这一切都可以变得更有规划，更有秩序，更加有趣。只是，没有人愿意付钱当他的甲方，做这么庞大的案子。

藏在破败混乱的街景背后的，是人们对公共事务的冷漠。人与人之间变得疏离，长留本地的人思维局限，而返乡的年轻人又鲜少有机会去增值自我、表达自我。

如果一个人的力量
不足以改变世界，
那就从家乡做起吧。
——

回想起他在外地求学工作的几年，几乎每个深夜和周末他都泡在书店里，有时候看书写诗，发呆独坐，更多时候是来参加分享会、读书会和音乐会等各类活动。在各种各样的现场，他遇到了许多不同的人，了解他们不一样的人生。书店就像他的精神家园，开阔视野，增进人情，享受独处。

一个想法跃上心头，他问老爸："我们老家的那块搁置的地在哪？要不然拿出来做个公共图书馆？"老爸回他："你脑子又是哪里不清楚。"

但他知道自己的头脑很清楚。父母年纪越来越大，越来越需要自己留在身边顾看。作为一个设计师，他也一直有开一间自己的设计公司的想法。哪怕租一个两层楼，他也希望二楼做设计工作室，一楼做一个共享书房。倡议家乡的爱书人，把自己的书捐出来放在这里，交换阅读，共同学习，举办活动，几乎不需要成本就可以运营起来，何乐不为？

家人朋友的不解浇不灭年轻人的热情。他先把自己书房的书打包装箱，开始四处找场地。在中小学集聚的僻静街道，他找到了一处一百来平方米的双层住宅。不想其他，先把空间打通，立起四面书柜，把自己的藏书先摆进书柜里。

原本他以为满满一书房的书差不多够了，放在这个稍大一点的空间里，却显得如此空落落。他羞愧于自己喊出的口号："原本我拥有整个书房抵御世界，现在它属于你们。"他在朋友圈和微博呼吁更多人给他

Back to land, back to your heart

◎三更书店

们捐书，掀起了一个小高潮。但实际上，直到书店开业，他只收到不到百来本书，只能急匆匆找出版社大量购书，填充空荡荡的书柜。但也是在这个填补过程中，他意识到了"更大的世界"正在到来，它不仅仅会是他个人的小书房，也会成为他梦想的造福乡人的精神高地。

修一方天地，许你不思远方

一个人的热血总有用尽时，无力回血的时刻，总是会冒出一个念头，要不算了。

又是这样一个深夜，鱼饭拖着疲累的身体回到书房。卷帘门口堆着几箱旧书，旁边蹲着的就是曾经说他"蠢到不行"的几位朋友：他的小学同学、咖啡师老猫，一起遛狗认识的好朋友总裁，热爱阅读的小白。

几个年轻人相约去周边几大城市探访行内各大书店，听取业内人士的建议。每天下班后，齐聚在这个还没有装修好的空间里，从商业模式，管理运营到装修风格，事无巨细地讨论，往往聊着聊着就到了三更半夜。当他们最终决定做一间复合型书店而不是一座公共图书馆或共享书坊，"三更"这个名字应运而生。从此，"三更"对庵埠人来说，不只是一个时间，也是地点。

书店最终由鱼饭、老猫和总裁三个合伙人联合建立：老猫负责咖啡、饮品，总裁做商业管理、宣传，鱼饭主管书店运营和活动策划。阅读量大的小白帮他们筛选书籍，并承接下店内财务工作。

他们一开始想做的就不是一个只是卖书的书店，而是希望把书店当作一座桥梁，连接更多有意思的人。试营业期间，他们就办了场咖啡分享会，咖啡师老猫手把手展示如何磨豆、品尝不同的咖啡。他们原本以为，以茶为日常的小镇居民，并不需要一杯咖啡。结果反响却超乎意料地好，周边几个高中、小学的老师，就着一杯咖啡在书店里备课；设计师、摄影师、文案工作者、专职炒股票的，选择在二楼消费区安静地做自己的事；甚至有客人远从汕头和澄海来，只为了到书店买一杯咖啡独坐。

◎因为自愿分享，读书会有趣起来

鱼饭说，傍晚和周末，会有许多学生来这里做作业，因为一楼是全免费区，还提供免费的柠檬水和饼干。看着各种各样的人，把书店当成图书馆一样，安静自在地工作学习，这样的时刻让他很感动。

喜欢写诗的鱼饭，容易被很多瞬间触动。

书店固定每个月有一场咖啡分享活动、两场读书会。越来越多小镇年轻人加入进来，一场分享会结束后，大家相互荐书选出下一期读书书目，推荐的人可以自荐领读。有一期，领读人突然无法来参加读书会，鱼饭只能紧急联系读书会的志愿负责人小渤，和他一起通宵读完这本书，临时做领读。没有办法深入解读，鱼饭对赶来的读者很抱歉。没想到的是，有一位女生自告奋勇说："我可以尝试做一下领读。"她准备得很充分投入，鱼饭觉得庆幸："因为有这样的人在，觉得读书会才能持续下去，书店才有趣起来。"

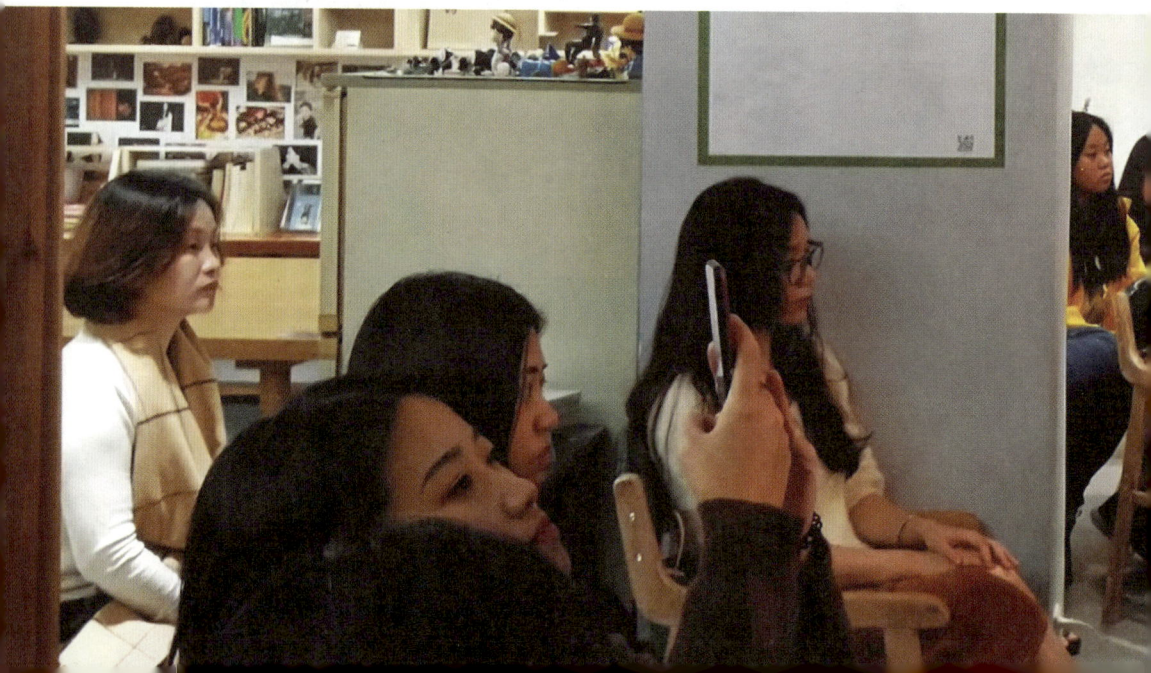

　　书店慢慢做起来，潮安本地越来越多有意思的人和团体前来联系合作，1+1 的效果远远超过他们的想象。跟本地的绘画工作室推出书店里的绘画课，与英语培训机构合作举办英语沙龙和万圣节派对，汉服团体的推广会，酒友们的深夜书店邀约，还有来自日本的传统游戏剑玉爱好者的分享……曾经以为小城镇人文匮乏，当有了书店这个平台，有趣的人聚到了一起，分享不同的热情，大家惊喜地发现，小城镇里也有诗和远方。

不足以改变世界，就先改变家乡

　　三更的宣传语就是："修一方天地，许你不思远方。"鱼饭说，前半句是他们想为家乡做的，后半句是想为家乡的人们做的。但这两个目

◎年轻人在三更分享会里与世界相联

标，其实是一体两面。小城镇要有足够丰富的人文活动才能吸引更多年轻人留下，而年轻人只有感觉到快乐充实才会愿意留在小城镇。包括鱼饭在内的几位合伙人都是本地的年轻人，他们费心经营这样一座书店，其实也是在打造自己想要的生活。

每年寒暑假，他们和本地一座琴行合作推出"知更鸟"音乐节，想让放假的孩子们有地方可以去，有事可以玩。第一场音乐会就在书店门口，面向大马路上举行。任何人想上来唱几句都行，专业的乐手在一旁现场伴奏。这种即性唱歌的形式，其实很接近欧美和国内大都市正在流行的开放麦（open mic）活动。

第一场太过火爆，三更和另一个主办方知音琴行决定在草地上举办第二场。因不了解行政流程，他们最终在城市管理者的帮助下，临时在公园草地上，办了一场月光音乐会。第三场音乐会在书店二楼，素人歌手们精心排练后，有了自己人生的第一场小型音乐会。听众们把自己的手机屏幕点亮，像挥舞荧光棒一样，为他们应援。这所有的瞬间，对参与者来说，都是一生一次的珍贵体验，对鱼饭来说，这就是他做书店的动力来源。

书店开业一年多，勉强维持了收支平衡。三位合伙人都在靠自己的本职工作赚钱为生，比如鱼饭，仍然是靠单独接设计案来过活。当时决定做书店，父母最担心他的一点就是，"养不活自己，还把自己几年的积蓄搭进去。"过完年，他虚岁就 30 了，也有了成婚生子的打算。工作到夜深的某些时刻，他也确实担忧，自己将来能不能把一家人养活。可眼下来看，他把大部分的精力都投入到三更书店，想用一颗做百年老店的心，守护家乡风土。

三更书店除了店名，最显眼的就是店招上的几个圆圈型符号，分别对应人的一生、一天，工作和独处。鱼饭觉得，人的这一生，最珍贵的就是时间。一个人怎么度过自己的时间，关乎选择和坚守。

那段时间，鱼饭也邀请了好几位潮汕籍作家如黄剑丰、林渊液到三更书店分享。现场来了许多热爱潮汕文化风俗的年轻人和手艺传承人。分享到最后，有读者演唱自己创作的潮汕歌曲，还有人现场表演了潮州纸影戏，年轻人在新概念的书店里，感受到了自己与风俗、历史的连接。

鱼饭和他的同伴们想做的，也近似于这些人，在自己的领域里，用自己热爱的方式，深耕家乡。

三更开张后不久，离他们不远的地方又陆续地开了两家新的综合体书店。很多人担忧地对鱼饭说，你们有对手了呀。可他却很欣慰，这股文化的风潮终于刮进了家乡小城。又一个夜深，他敲下这段话："如果说，一个人的力量不足以改变世界，那就从家乡做起吧。我热爱这里，因为这里有我爱的人，有熟悉的道路，是生我养我的根。"

刘璇 |

在西藏建造森林学校，用另一种方式耕种

　　刘璇很瘦，一袭黑发长至腰间，背着一个写着"吃素"的布袋。朋友们都习惯叫她 Apple，跟她聊天，她的眼睛必然看向你；说的每个词，尾音都是收着的，声音的能量像是从胸腔发出的，给人一种温柔而坚定的感觉。

　　2019 年暑假，她受邀到美国在纽约大学和加州大学几所分校，分享她这四年多来在四川省甘孜藏族自治州丹巴县建立和运营藏区第一所森林学校的故事。20 多天出差在外，来不及调回时差又进了藏区。她是北京人，在上海和成都各开设有一间公司，但一年中大半的时间都待在了藏区。

　　"藏区的事都刚刚起步，需要花多一些时间亲自去做。"森林学校

不只是一个面向当地藏民和城里人的自然生态教育中心，这些年来还一直帮助村民探索生态经济的发展形式。最近两年，Apple 还和先生荣耀陆续在四川海子山自然保护区、青海省三江源自然保护区里，建立与森林学校类似的研学基地。

大学毕业后，Apple 因为偶然的机会留在了藏区，做过好几种工作，走遍了全国各地，现在又回到了她最熟悉的地方。森林学校的租约有30 年。她信佛，这 30 年租约对她就像一个轮回。"这件事遇到我，我遇到它，缘分到了，就努力做好当下的事。"

只有了解你的土地，你才会爱它护它

2015 年，时序已然进入 5 月，墨尔多山自然保护区内的梨树，仍开着一树树胜雪繁花，几处藏寨稀疏点缀在山地林间。即便常年在藏地行走，刘璇和团队成员进入保护区缓冲地带的自然村落中路乡时，仍惊叹于眼前的美景。

她和先生荣耀是作为规划设计师来帮助中路乡做生态旅游整体规划的。他们发现，中路虽然一直以来都是摄影师镜头下的人间天堂，可是除了美景，藏地文化资源挖掘不够，配套设施不足，留不住游客。经济落后，对传统文化、土地的认同不够，年轻人也不愿待在村子里。土地

环保的种子
播在教育里。

大量抛荒，仅有的种植品种单一，产出和收益也低。高原种植和其他地方农业耕种一样，大量使用塑料薄膜、化肥农药，对环境也不甚友善。

Apple 他们意识到，这种环境保护与经济发展的矛盾，是许多保护区内村寨面临的共同问题。七个月的调研结束，他们没办法像做其他的规划案一样，交完报告就转身离开。得知当地最高处的传统藏式房屋即将被拆，Apple 和团队商量后租下这栋房子，连带旁边空置的另一处民居及中间空地，一并签了 30 年的租约。他们决定在这里尝试做些新的东西，比如一所森林学校，但又不只是一所学校。

他们向当地政府建议成立村民农旅合作社，也是全藏区第一个农业旅行合作社。他们在上海的规划设计公司、在成都的生态旅行公司和农业公司，分别派出人员进入中路乡帮忙。一方面，他们给村民提供环境教育、生态旅行和友善农业方面的技能培训，比如生态旅游培训、村落自然导赏培训、藏餐厨艺培训等。另一方面，森林学校也是当地发展的领头人，他们把大山之外的游客带到中路，由合作社统一安排吃住，提供自然导赏服务，尽量把可以让村民赚钱的机会都留给了他们。

Apple 团队则专注在以森林学校为基础的自然教育上。不断邀请专家、村内长者共同来研究与开发生态教育课程，寄望城市和乡下的孩子都可以体会到与自然相处的乐趣，能够以自然为老师，学会尊重与爱。"我们相信，只有你了解你的土地你才会爱它、保护它。"

　　2015 年调研结束后，Apple 与登龙云合森林学校主创设计师荣耀带领建筑设计团队，引入新能源和新技术，重新改造承租的藏寨。比如具备空气湿热和热水功能的 OM 太阳能制热系统，取经自芬兰的生态旱厕，还有净化水处理系统、有机垃圾处理系统等。

　　许多课程和活动都是在这两栋房子里举行，房子改造前后的变化，让孩子们和村民可以亲身感受环境友好型的建筑。几年来，他们持续举办各种零废弃工作坊，如何减少使用塑料，回收垃圾，堆肥等，也让更多孩子们掌握环保的基础知识和技能。

◎森林学校，让藏区的孩子们了解土地，了解自然

慢下来，去陪伴，去撬动，去改变

经过四年多的努力，森林学校自主开发的环境教育课程，得到了当地认可。2019 年开始，森林学校尝试与教育局合作，通过乡土教材的形式将环境教育带到全县 58 所九年制义务教育学校的课堂，可能改变7000 多个中小学生对环境的看法和对家乡的印象。

回想起第一年去跟县政府谈自然生态教育，许多官员都不甚了解甚至敬而远之。几年里，Apple 不断与当地政府沟通，举办大小活动、教育论坛，都会邀请政府官员参加。彼此越了解，越有可能交付信任。2018 年夏天，他们在村里举办创新教育论坛，甘孜藏族自治州内 20 多个校长都来参加，终于认可了环境教育的好处与重要性。

与生态教育相对应的另一条发展路径是生态经济。他们与村里的农旅合作社签订社区保护协议。承诺不使用化肥、除草剂，不在水源地扔垃圾，不乱砍滥伐的农户才可以加入合作社。他们为合作社农户提供优质种子，帮助育苗，提供技术支持，还帮助后期销售。因山地种植面积有限，Apple 把自家农业公司的侯宾博士请来，指导村民种植经济效益更高、品质更好的薰衣草。

前两年他们与村民协议不收割、不售卖、不分红，就是为了逐步从环境友好型种植转向有机种植，让土地有休养生息的机会。对村民来说，只有感受到了生态种植的好处，才有可能改变传统种植的习惯。

在当地发展四年多，Apple 团队与村民捆绑在了一起。240 位村民参与了他们的技能培训，创造了 1070 个工作机会，生态旅行和农业种植加在一起，给当地带来了近 400 万元的经济收入，已经出现了年轻人从城市回流的现象。

"在乡村做事，不能只是讲道理，要去做。要慢下来陪伴，不是一时的。"她说，这种主动沟通、积极互动的风格，其实与她的个人性格有很大冲突。今年 38 岁的她，几乎从没邀请过客人回家，也很少有社交活动，能一个人待着的时候都尽量一个人待着。

每当她感受这种冲突时，她都会问自己，你的初心是什么？30 年租约的意义是什么？她的初心不是把一腔热情投射到一个地方，遇到挫折后就换到另一处。她想做的不是让自己成为一个新农人，而是让当地人成为新农人，对自己的家乡有情感有责任的新型农民。

想到这些，她总会调整好心态，以更积极入世、更高效的方式去做事。三江源自然保护区的德迦社区和四川海子山自然保护区格聂山在地社区，是在她寻求可持续发展道路上遇到的值得去做的案例。

2017 年前，Apple 受邀为德迦社区讲授社区发展培训课程，第一次到访这座海拔 4000 米高原上的第一个零废弃社区，认识了推动这一社区行动的德迦寺降央西然堪布。她深深为堪布和当地居民守护三江源水源地的利他之心感动，先后投资几百万元支持社区发展。登龙云合团队在当地研发出不使用化肥、农药、杀虫剂的有机蔬菜大棚，既为当地居民提供了难得的健康蔬果，也减少了蔬果长途运输带来的高原碳排放。2019 年，他们对口支持德迦社区建立一个更好的自然教室，就是希望当地野生动植物、鸟类、水源检测巡防队的功能可以更有效发挥出来，用藏族传统文化讲解生态环境保护知识，教育更多的牧民和年轻人。

海子山自然保护区格聂神山刚刚完成三年的阶段性控制详细规划，自然环境教育课程设计正在起步中。Apple 希望能够复制中路乡的模式，在更多自然保护区内的农村社区扶持或培育类似的教育中心，从生态教育和生态经济双向入手，推动当地的可持续发展。

有人问她为什么选择留在藏区，她说，经济发达的地方，有很多人在做。藏区诸多保护区内的农村社区、牧区，教育和经济资源都相对匮乏。她看见了，就想去行动，陪伴他们找到一条可行的出路。至于未来，也许缘分到了，进城也是有可能的。

心怀一颗责任利他之心，顺势而为

对中路乡的村民来说，森林学校是一种创新的发展思路，也是有效的陪伴。对 Apple 来说，这也是她人生暂停后重新出发的起点。

八年前，她骑行喜马拉雅山脉，在靠近珠穆朗玛峰大本营的弯道上，因为车速过快，自重过轻，飞了出去，造成肋骨肩胛骨粉碎性骨折。她在医院住了两个多月，之后都在家休养恢复。身体的病痛让她意识到，生而为人是如此脆弱又幸运。既然活下来，就不应该浑浑噩噩地虚度，需要有点态度。

进入中路乡是她痊愈以后第一次去实地调研，看到那座云端的藏寨，她突然想起来修佛的师父过世前的嘱托："以后别忘了藏区，等有能力的时候做个学校。"彼时不能理解，当下却通透明了，"是该做的时候了"。开始做森林学校以后，她也渐渐明白，这件事是建立在她过去 33 年的积累和理解之上的。有了这些储备，她才有勇气去做这样一件从来没有

◎孩子们的自然艺术创作

做过，而且需要投进自己后半生的事情。

Apple 大学时学的是英语。很多同学梦想的工作是穿得体体面面，坐在办公室里做翻译。毕业前，她得到一次实习机会作为随队翻译，跟随中国科学院地质专家与牛津大学地质考察队，在四川龙门洞进行为期一个月的地质考察与测绘。那是她第一次接触真实的自然，强烈的反差感让她意识到，自己从来没有走出过北京的皇城根。后续的几次户外翻译工作，她接触到的都是中草药、海洋、大熊猫培育等方向的专家，"很深地感受到，我对任何事情都没有积累。语言只是一个工具，什么社会问题都解决不了"。

机缘巧合下，毕业后，她在成都开了一间户外探险公司，专门接待来自国外尤其是欧洲的成人、学生团体，在中国西部自然风光绝美的山区做负责任的生态旅行。自此她就开始在西南工作，成了一个对藏区很熟悉的人。

公司发展之初需要资金运营，她为了攒钱，经朋友介绍为欧洲的一家制片公司做兼职，负责他们在中国拍摄期间的制片工作。每年几个月的拍摄，她跟着摄制组跑遍了中国各地的大小农村，看到了许多风光之外伤痕累累的乡村现实。她说，她当时只是看到了，却没有行动。

后来她和先生荣耀一起创立了登龙云合规划建筑设计公司，一直在与政府打交道，许多案子都要从区域发展的高度做顶层设计，经济、环境、社会各个维度的资源及利用都需要合理布局。她的工作重心放在各个自然保护区的规划上。也正是因为这份工作，她接触到了丹巴县中路乡的生态旅行规划案。

走到这里，她才想到，自己可以持续积累，进而有所改变的地方正是乡村。天时地利人和的机缘都具备了，森林学校只是顺势而为的一个结果。

修佛皈依多年，Apple 领悟到当下的因就会有它的果。每一个当下都是友善的，就会有一个好的利益众生的果，不需要急着去设定现世目标。"我没有太多时间种地，但是我可以用另一种方式去耕种，把环保的种子植进教育里。教育是改变一切的根基。"

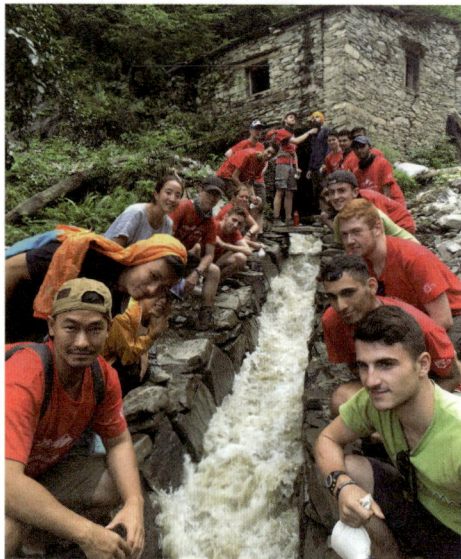

◎中外志愿者合作修复水磨

张雷 |

设计师进山，村民走上国际设计周

　　住到山里的这一年，张雷瘦了七八公斤。"就像换了一个人"，他说的不只是形象的改变。

　　2018 年初，设计师张雷带着"品物流形"设计工作室以及融设计图书馆两个团队共 30 个人，正式搬迁到杭州北面深山里的黄湖镇青山村。他们租下村子里的东坞礼堂，把它改造成新的图书馆，当年 3 月就重新开馆了。

　　合同签了 40 年。对 40 岁的张雷说，未来他只想专注做一件事——融设计图书馆解构传统手工艺材料，品物流形探索和实验与传统手工艺相结合的当代设计。"这是一件特别幸福的事。这辈子只做这件事，就顶天了。"

中国设计是个伪命题

想要做师法自然的中国设计，是张雷从大学时期就订立的目标。2004 年，刚从浙江大学工业设计专业毕业，张雷在杭州余杭创立了设计工作室"品物流形"，名字取自《易经》第一篇"云行雨施，品物流形"。这句话讲述了自然力是如何造物的过程。

怎样师法自然？何为中国设计？这个问题却在他远赴意大利求学后，才得出答案。

2009 年，不甘心一直被市场逼着做山寨设计，张雷在迷茫中负笈意大利多莫斯学院，学习汽车设计，准备追逐从小就有的汽车设计师梦想。

学院 4 月开学，正值米兰设计周，他顺道带着工作室第一次参加了卫星沙龙家具展。参展作品都是他们当时认为符合中国传统哲学的概念性作品，如一个芦苇在外面而蜡在里面的蜡烛，体现一种内外转换的矛盾思维。展览取名"中国设计再思考"，在设计周上受到了一定的关注，获得了卫星沙龙家具展大奖 Design Report Award 的提名。在上千件的参展作品中，能够被提名的不超过 10 件。

上了三个月的课后，张雷才意识到意大利人给予了他们多大的宽容，"所谓'中国设计再思考'其实是一个伪命题"。这是他从来没有反思过的面向。

这辈子只做这件事，就顶天了。

"每一个设计原来都是有根据的，有传统作为基础的，是从设计师从小就有的经历中发散出来的。"张雷提到，意大利的男孩子身上流淌着赛车的血液，很多出生在摩德纳（法拉利的故乡）的男孩子梦想进法拉利做一位生产线上的工人，因为只有生产线上的工人，才会每天有机会触摸法拉利的每个零件。拥有这样的精神的年轻人，未来才有可能成为法拉利的下一代设计师。"即便我学成毕业，又有什么意义？因为我身上并没有流淌着任何赛车的血液，有的应该是中国传统给我留下的基因。"

"我的根在哪里？"张雷从过往的成就中幡然醒悟，"就像禅宗中所说的，你必须到彼岸才能看到此岸"。

张雷意识到："中国和日本、韩国不同，后者是单民族为主的国家，而我国是个多元民族的大国，没有任何一种设计语言可以完整地代表中国。中国应该出现百家争鸣的设计生态环境，应该出现基于不同民族文化和不同地域文化的独立设计语言，而它的总和，才是中国设计的未来。"

找到我的根与真实情感

既然"中国设计"是个伪命题，那你只能回到每一个具体的地方，越小的地方越会有自己的特色。

一年后，张雷回到了余杭，随他一起回来的还有他的德国同学 Christoph John 和塞尔维亚女设计师 Jovana Zhang。

两年时间，他们跑遍了余杭 12 个大大小小的村落，寻访到这里传承了几百上千年的油纸伞糊伞工艺、灯笼竹编工艺、竹纸工艺、清水丝绵工艺等。怎么样让这些传统在现代还能传承下去？他们和老师傅们一起合作三个月，创作了一组漂亮却并不成功的作品，作为商品太贵，作为艺术品又仍是纸伞。

制伞中，他们发现做出一把油纸伞总共有 72 道工序，何不把这些工序拆开来，融入到现代设计中？张雷、Christoph 和 Jovana，想用宣纸来糊一把椅子。经过现代工业设计测算、设计出模具后，设计师和糊伞师傅们一起，把出自安徽泾县宣纸作坊的宣纸，糊上十几层，烘干后竟

◎宣纸椅"飘"

然有和实木同样的牢固度。

这把取名叫"飘"的纸椅，成为品物流形团队"融"的起点。

从这把椅子，他明白了让该留在历史里的停留在历史，真正地尊重传统，正是颠覆传统，把那些传统工艺重新解构、融化、融解。"飘"纸椅作品，荣获 2012 年米兰设计周 SaloneSatellite Design Report Award 全场唯一大奖。品物流形成为第一个获得此奖的中国设计师团队。

从设计理念来说，这把椅子，终于实现了张雷在意大利求学时的顿悟。"以往我们做设计，都在按照老师教的，用严谨的逻辑思维去做设计，这是设计的最初级阶段，可以用谁更聪明来比较。而当人用自己个体的情感去做设计的时候，就不存在好与坏之分。"张雷说，这个时候，设计才回到了真实，进入到一种暴露内心真实感受的阶段。

设计师进山，村民走上国际设计周

从 2012 年的"From 余杭"开始，张雷和设计团队决定在此后的五年中，每年邀请来自不同领域的独立设计师，分别以竹、丝、土、铜、纸为主题，对传统材料和工艺进行融解、解构，再融化到设计创作中。这就是从 2013 年开始登陆米兰设计周的"融"设计展。

设计展发酵到第三年，他们发现搜集整理了太多材料和资料，想要分享给更多的设计师。设计图书馆的想法开始在张雷的脑海中酝酿，原计划在五年展结束后慢慢着手准备。余杭区文创办从 2009 年开始就和品物流形有良好合作，得知设计图书馆构想后，愿意支持他们提前实现这个梦想。

2015 年，融设计图书馆在杭州余杭五常落成，优美的花园和高雅清新的设计引来众多关注，被称为"杭州最美图书馆"。文创办支付了前三年的租金，负责图书馆的硬件建设费，而品物流形负责内部装修、材料和图书资料等，以及此后的研究和运营管理。

开始投入其中，张雷发现这是一个比他们的想象更大更复杂的项目，决定以非营利组织形式运营图书馆，邀请社会力量慢慢加入进来，支持图书馆在全国各地考察传统手工艺材料的研究经费、融图书馆的色彩与

◎融设计图书馆（原东坞礼堂）

肌理研究计划及木材研究计划等。到 2019 年，张雷已带领融设计图书馆团队到中国 31 个省市考察，8 月在陕西西安，9 月进入了新疆喀什……

新成立的融设计图书馆，除了展示他们多年来整理的传统手工艺研究成果，还有 100 多位全球设计师推荐和捐赠的书籍。另外还有两个空间，作为设计概念店和设计展览与活动空间。融设计图书馆每年都会在全球邀请十几位设计师驻场，免费向他们开放图书馆馆藏资料，帮助他们依此进行设计创作。

无论是政府投入还是社会力量的参与，张雷始终相信缘分。2016 年，一位意大利厨师慕名来询问，图书馆是否有厨房，由此产生了一个驻厨计划。刚好那时，张雷和太太 Jovana 对中国传统的生活方式产生了极大兴趣，想要探索老式的土灶在当代如何延续这种传统文化。这与团队整体进山又有着后续的隐秘关联。

2016 年，美国大自然保护协会（TNC）找到了他们，希望设计师们能够进入他们正在保护的余杭黄湖镇一处水源地所处乡村——青山村。他们用两年的时间，把这块备受除草剂、农药污染的水库改善成国家一级饮用水水源地，保障了 4000 人的饮水安全。张雷和他的德国设计师伙伴 Christoph 进山，用六个月时间，教会了村民们金网编织技艺，还把村民和最终手工创作成果策划成 The Lake 艺术公益展，亮相于"设计上海"、"米兰设计周"、"北京设计周"等各大展览。

第一年是设计师教授村民们新的谋生手段，第二年（2017 年），村民们遵循传统物候历法耕种、收获、饮食的生活方式，被设计师团队搬到了上海世博馆，策划成"The Lake——24 膳"公益艺术展。Christoph 用苗族打银錾花工艺，在五种不同的金属上，描绘出了青山村在传统八个节气：惊蛰、清明、芒种、大暑、白露、霜降、大雪、冬至时节的山村风貌、动植物生长和天气膳食变化。

乡居四十年，理想的生活方式

正是这两次公益艺术展的创作，让他们感受到乡村生活与城市生活的截然不同。村民们每天早睡早起，养鸡劳作，张雷他们也学会了享受

◎设计师教村民手工艺

山里的空气、新鲜的蔬菜水果与太阳同作息的舒适。

2017 年，他们在余杭文广新局的资助下，修缮了原本已经坍塌的老礼堂，改建成了新的融设计图书馆。

搬到村里这一年，张雷除了出去搜集手工艺材料，几乎都待在村子里。每天六点起床，跑步，喂鹅，练一小时阿斯汤加瑜伽。早上，团队的设计师们会采来新鲜野花做插花，也有人自告奋勇做集体早餐。在他们的厨房里，既有最先进的厨房设备和设计师情调，也有传统的土灶。从每餐饭里，他们都在探索想要的传统与现代生活方式的结合。他们的工作已经和生活分不开了。

吃过早饭，然后再开始处理品物流形团队的设计案和融设计图书馆的管理工作。他说，现在品物流形的所有设计项目，都是与传统手工艺的当代设计相关，这是他之前梦寐以求的状态。

午餐和晚餐，则请了村里的阿姨帮忙。食材很多来自村民们新鲜摘取的蔬菜，肉吃得越来越少，鸡蛋是村民养的鸡下的。晚饭以后，散步去看夕阳，不到十点就睡觉。以往在城市，他往往九点才下班，匆匆去超市买菜做饭，偶尔还有应酬。高强度的工作，让他的脂肪超标，乡居一年，他身体的各项指标回到了正常状态。

出差期间，他最想念的就是村子里的生活，这是他梦想的生活方式。在村里，他们基本不需要消费，所有的成本都降到了最低。他说，学会

Back to land, back to your heart

◎设计团队和他们的作品

了用较低成本的方式工作和生活，就可以把时间和精力集中到想要做的事上，不用去做与自己价值观不符的事。工作下去，生活下去，不去想赚更多的钱，只是给市场提供一种可能性：有一群人在坚持搜集、研究和解构传统手工艺材料与技艺，努力在实践中解构传统素材，将他们创造性地融化到当代生活方式中。

多年以后，张雷已经不再纠结什么才是"中国设计"。他和团队提出了一个"传统的未来"概念。一语双关，既关心传统手工艺在未来的生长，也关注未来与传统手工艺和生活方式的聚结。张雷认为，设计师创新的原动力，一为知识，二为材料和工艺。这两方面就像是日常所需的蔬菜水果，消化以后才能创造出新的设计。

未来的 40 年，他希望通过融设计图书馆，推动世界各地的设计师都来获取和应用中国的传统材料和手工艺，也让中国的传统手工艺因此绽放出新的生命光彩。"融"的事业，才刚刚开始。

夏莉莉 |

下乡养儿，造一个生态家园

夏莉莉从来没有想过留在外面。和王健庭恋爱后，她就把他带回了自己的老家四川都江堰。"你喜欢这里吗？想要一起住在这儿吗？"确定了这件事，他们才开始朝着谈婚论嫁发展。

34 岁以前，她曾经辗转深圳、上海、北京，在食品行业、房地产业、杂志社和高校都工作过，心里却始终放不下她生活过 12 年的青城造纸厂，还有那一段塑造她的野性的乡居时光。

孩子一岁前，他们背着他遍访广东、浙江、成都多地农村，想找到一个可以安身立命的家园。终于，在儿子周岁时，他们卖掉北京的房子，定居在了距离都江堰两小时车程的蒲江县明月村。

在自然和乡邻的爱里长大

夏莉莉想给儿子寻找的新故乡，不只要合乎自然，还得有丰厚的人情。因为她从小就是在这样的环境长大，即便经历幼年丧父的人生大变故，她也能堂堂正正地长大成人。

七岁以前，她都和母亲生活在都江堰崇义镇的一个小村子里。那是一个大家族，爷爷是受人尊敬的牛医，村子里的人几乎都是她的亲戚。多年以后她去台湾桃米村探访，晚上听着蛙声蝉鸣入睡，早上被鸟儿的叫声吵醒。走在村里人人都会和她颔首招呼，她想起来自己的村子也曾是这样，有着丰富多样的湿地生物，地里种着的茭白笋，拿水冲干净就能清甜入口。

她七岁那年，父亲从部队转业被分配到都江堰的青城造纸厂，一家人终于团聚。那是 1987 年，夏莉莉说，院里什么都有，电影院、食堂、招待所，里头住着 3000 多人，大家都互相认识。1991 年，她 11 岁，父亲因工意外去世。母亲是临时工，还有一个不到三岁的弟弟。那段人生最艰难的时期，纸厂工人和周边乡邻伸出援手，让她感受到社区生活的温暖。

1998 年，18 岁的她职高毕业离开都江堰时，纸厂的工人大多已经下岗，2000 年纸厂关停，后来宣布破产。她眼看着一个企业从如日中天，

想给孩子
一个亲近自然和人情的童年。

转眼间就被时代抛弃，但她没办法就此转身，当年照顾她的长辈们、从小长大的伙伴，有许多还住在这里。她想回到纸厂。

2004 年从都江堰市晏阳初工程学校毕业后，夏莉莉先后在成都和深圳的两家地产公司工作过。在深圳，大城市里独门独户的公寓式居住方式，一道又一道的栅栏，隔绝了人与人之间的交集。她不能适应。幸好新兴的网络和媒体给她敞开了新的门窗，性情和爱好相投的网友们组织线下聚会，这群人后来成了她在明月村研究"社群经济与社区发展"最重要的支撑。

2016 年初，她离开深圳去了上海加入《城市中国》杂志。在这期间，她第一次得知了"社区营造"这个词：广东有个南岭国家森林公园，通过社区营造的方法，让一个破旧的林场社区重新焕发出生机与活力。

这正是她日思夜想希望找到的重回家乡、重振社区的路。2007 年，弟弟高中毕业不再需要她的资助，她从杂志社辞了职，背包前往南岭等地考察。

在南岭，她看到旧的工人文化宫修成了社区中心，老人们有地方娱乐；艺术家进驻，整理口述历史，编撰成书，开展民众戏剧工作坊，小孩们也都受益；老林业局招待所改造成酒店，陪孩子在家读书的年轻妇女有地方工作；有独家院落爱做饭的老冯家被打造成农家乐餐厅，有吃有住有游客，村子里的年轻人开始愿意返乡；加上资本有针对性地投资帮助本地恢复活力的项目，曾经没落的乳源县林业局工人聚落，成了风景区里的游客集散地之一。

摸清了南岭的社区营造方法，她的信心大振。采访、口述历史、文字和图片的宣发，她一个人就能干。她从 13 岁开始在报纸杂志上发表文章，很早就有一台相机，喜欢跟老人、小孩，各种人聊天打交道，何况她将要工作的对象，都是关爱过自己的人。于是，她打定主意回到老家开一家公益书屋，让书屋成为社区的公共中心，凝聚乡邻们的共识。

万没想到，2008 年的汶川大地震中断了她的回乡之路。青城纸厂社区的部分楼房被震塌，震后，她在家乡从事赈灾工作，一面也感觉到自身知识的欠缺，于是一边在成都工作，一边在四川大学读公共事业管理专业，等待返乡的合适时机。

第一次返乡，梦想书屋小区里开张

得知青城纸厂社区纳入到都江堰灾后重建计划后，夏莉莉觉得如果自己不能亲身参与其中，将来会非常遗憾。于是在 2010 年 4 月回到了老家，带着一只录音笔、一台相机，开始采访社区老人，整理纸厂的口述历史。

她花 5000 元，在纸厂家属区附近的安置房里租了一套一楼通往二楼的公寓。2010 年底，"夏寂书苑"在小区里开张了。这一年，她刚好 30 岁。

小区保安成了她的免费宣传，介绍了许多妈妈、奶奶和小孩来书屋里免费看书、聚会。2011 年，诺基亚有一笔灾后援助资金通过社会组织投放到四川的各社区，她托管了都江堰两个社区的儿童图书角。聘请店员，举办活动，培训社区工作者，她积累了许多经验，也长了教训。尽管亲身见证了社区营造方法，她还是不能为己所用，把大部分经费都花在了雇人照看，而不是培育社区里的妈妈们建立起自组织。所以一年经费到期，项目无以为继，积累的社群也分散了。她勉力维持了又一年的夏寂书苑，一直到她北上进京才关停。她心心念念的青城纸厂旧址后来改造成了都江堰市图书馆。

2012 年底到北京，她在清华大学信义社区营造研究中心担任研究助理，负责编撰"社区营造书系"和开展社区营造培训。在一次面向建筑师和规划师的课堂上，夏莉莉认识了王健庭。王健庭是清华同衡乡土景观研究所副所长，对参与式规划设计一直很有兴趣。一来二往地请教中，志趣相投的两人恋爱、结婚，水到渠成。

怀孕时，她和先生商议，想回都江堰生产。那里承载着她的回忆和人情，自然环境更加宜居。2014 年，儿子王乐毛出生。他四个多月就进入到辅食添加阶段，新手父母每天操心吃进小婴儿肚子里的食材健不健康。夏莉莉说，那会儿她每天都很焦虑，好在在都江堰还有农民挑了自己种的有机蔬菜出来卖。

有一天晚上，望着襁褓中的婴儿，夫妻俩决定履行结婚前的约定：找到一块可以安身立命的土地，带着孩子去乡下生活。夫妻俩回想起曾读过的《林间最后的小孩》一书中讲到的童年消逝，人与自然的疏离，造成儿童呈现种种自然缺失症，比如肥胖率增加、注意力紊乱和抑郁等，他们觉得自己应该做点什么，哪怕只是为了自己的孩子。

那时孩子十个月大，还不会走，夏莉莉夫妇背着他走访了四川成都崇州、浙江德清莫干山、广东惠州、山东烟台、成都蒲江等十几个农业

◎夏寂书苑图书角

项目，同时在自己的公众号"夏寂书苑"上连载三人行农场报告。夏莉莉从社区营造角度观察，王健庭从乡土景观角度分析，儿子乐毛从"学者"——一个自然和文化的学习者角度，记下他对每个农场的印象。当然这是父母观察他的反应后代为执笔，但他的体验恰恰是他们做出最终选择最重要的参考。

权衡之下，他们选择留在蒲江县的明月村。夏莉莉的好友——著名主持人、服装设计师、作家宁远，在明月村修复了一个老房子，做蓝染工作坊，取名"远远的阳光房"。去明月村探访的第一天，他们就住在阳光房里。那院子坐落在一片树林中，早晨一片鸡叫鸟鸣，小孩醒来就在院子里的石板地上爬行、玩石子，阳光照在主人清晨新鲜割下的猪草背篓上，空气里满是松树的清香。"感觉就是在我小时候，老家那个院子里。我就是在这样的环境里长大的。"夏莉莉迫切地想给孩子一个亲近自然的童年。

当时明月村汇聚了十几户新村民，有染布，做陶的，开文创餐厅的，其中好几位艺术家都是她的朋友，加上蒲江县和明月村对村子产业、文创和旅游等都有明晰的发展规划，这地方正适合他们一边带孩子，一边自我练习。他们决定加入到这个生动的乡建现场中来。2016 年初，他们卖掉了北京的房子，把都江堰的很多书也都搬到了明月村，准备在这里建立一家三口的新故乡。

第二次返乡，建一个生态社区

乡居生活并不是世外桃源，仍要面对俗世的许多烦恼。2016年，他们与当地农民签下15年的土地租约，在按照约定日期前往村里开工的路上，房东临时反悔，他们不得不临时找一户人家借了两个房间。

因为明月村的整体发展需要，如果一家人想在乡下从长计议，安稳生活，只能参加明月国际陶艺村文创园区内政府出让土地的拍卖。夫妻俩卖掉北京的房子，还借了一些钱，拍下了一块5.8亩的土地，并且必须做一个商业项目。

怎么样才能兼顾他们下乡养儿的自住需求和社区发展的需要？夏莉莉的想法是盖一所自然乡土学校，就像曾接纳过她的晏阳初工程学校一样，让孩子们在自然里生长、学习，实践他们的可持续生活理念。

2016年2月，他们第一次面向村民介绍"乐毛家在明月村"的社区营造畅想，带着孩子们一起玩耍，认识自然，学习垃圾分类、生态堆肥、生态厕所等各种理念。同年6月，他们组织"明庭"项目参与式规划说明会，由设计师好友刘崇宵向村民解说建筑设计方案。在这块被茶山、竹林、松林、农田和水塘包围的地块上，他为自然学校留出了巨大的艺术庭院空间，有生态菜园、松果乐园、小剧场和生态修复与自然观察区。建筑的一部分规划为夏寂书苑用于自住，另一部分为乐毛家教学展示空间，配置有教学温室、厨房，其中有五组工作室开放给理念相似的家庭，一起在自然学校里"互助带娃，带娃创业"，共同建立一个小型的生态社区。

说明会当天，除了有朋友从成都等地赶过来，他们还特意安排了游览车去接周边的村民。这之前的半年，村民们都知道村里来了一对带孩子来"耍"的夏老师和王老师。他们挨家挨户去做村民采访，带着村里孩子去松林里认识松果和各种动植物，给孩子们讲故事，办合唱团，做厨余堆肥；在邻里间办家庭音乐会，准备中秋晚会，还到明月夜校讲怎样利用自然做餐饮和民宿，或者到村民家里现场指导。她把城里好友邀请进村，教村民们做农村垃圾分类；暑假里请来儿童建筑教育的海归博士，为村里 17 个家庭和周边小村民做绘本工作坊。

明月乡村旅游专业合作社的经理双丽很讶异，原本她以为老村民们来说明会，只是给夏老师捧个场，未必听得懂，没想到他们一个个听得很认真，也愿意表达自己的想法和做法。村民这种强烈的参与感让她这个本地人真正意识到，夏老师这段时间的自然教育和社区营造发挥了效果。说明会结束后，夏莉莉夫妇的朋友圈掀起了一阵小高潮，很多朋友都表态要来加入他们的自然学校，但两年半过去，他们一家仍然在村里等待着开工手续，起土造房。

在等待中，很多人做出了留在城市的生活选择。说不沮丧是假的，

◎带乐毛一起参加沙龙活动

但是他们也理解别人的选择，并且更加明确要一家人在这个自己选择的地方继续生活下去。

他们不紧不慢地做着自己的研究和规划，借村委会的闲置空间办儿童图书角，创办蒲江县社区营造支持中心，主要培训村干部、村民骨干及社会组织工作人员；组建了"蒲乡生态小农联盟"，串联和支持当地小农，解决了自己一家和身边亲朋大部分的生活所需；不定期组织"蒲乡社造操盘手沙龙"，邀请建筑和规划专业者前来分享……在他们的培训和陪伴下，邻村箭塔村举办"年猪祭""一粒米游学营"，把自然教育和社区营造的方法运用到旅游和经营中，成功地发展出自己的特色，停办30多年的文化传统幺妹灯也重新回到村子里。箭塔村的发展空间，

◎自行车是夏莉莉一家在明月村的主要交通工具

吸引了许多在外的青壮年返乡创业，让村子里有了更多活力。

到 2018 年 11 月，夏莉莉一家刚好到明月村三年。这三年里，时间都付给了琐碎的事，说不出什么大成就，许多个夜晚还得为经济收入头疼。她在前几天的推文中略激动地写道："过去三年我确实把自己活生生地活成了一个大笑话。"但转头看到自信大方地向新到访的朋友介绍村子和自己的乐器的儿子乐毛，她又感觉到了这一切的意义。

四岁的乐毛会说蒲江本地话，村子里的孩子老远看到他就大叫着"王乐毛、王乐毛"，他认识村里的每一个人，了解他们的居所和故事。每逢家里有父母的朋友、学生来访，他主动负责向大家介绍乐毛家的可持续生活系统，带客人去看水处理设施、堆肥池、蚯蚓塔和生态菜园。

回想初到明月村，她带着一岁多的儿子沿着环村路夜骑，朗朗明月在松林里穿梭，她忍不住吟诵《山居秋暝》。车子骑到曾经带着乐毛玩泥巴的李清泉主理的"清泉烧"附近，小乐毛说他的师傅就是"明月松间照，清泉石上流"的那个清泉。这个小小人儿，每天都给这对夫妻无穷惊喜，而他们想要给予孩子的，在自然和人情里缓慢长大的童年，不在别处，就在明月村。

最好的东西
都不是独来的，
它伴了所有的东西同来

第三篇

许著华 |

从保护文物到文创，传统文化是无休止的爱

许多人以为，许著华是个老头，至少是个 45 岁以上的中年男人。见了面才发现，这个醉心老手艺、古建筑和佛学的老灵魂，竟然藏在一具 33 岁的年轻身体里。

许著华的身上有许多标签。他是拓印传习人，也是文创品牌"石将军"的创始人，还是安平书坊的掌柜。但他最显著的标签是"安海"——他的家乡福建省晋江市安海镇。

古镇少年和他的传统向往

安海镇迄今已有 890 年历史，完整保留着成片的闽南古厝，还有安

平桥、龙山寺、石井书院等重点保护文物。许著华自小生长在安海前埔村，只有生病时才由母亲带着到镇上来就医，回家的路上可以顺便吃一碗牛肉羹。

高中毕业后，许著华和两位艺术生同学一起举办了画展，年少的他笔下尽是传统闽南风貌，"也不知道为什么，就是喜欢这些东西"。

他第一次意识到家乡可贵，是在 2006 年考上大学后。他去福州闽江学院就读环境艺术设计专业。学校位于福州郊外的大学城，毫无特色的建筑、脏乱的环境，跟有着浓浓市井生活又深富底蕴的安海镇，形成了明显的对比。

大学前几年的假期，他都在旅游。周末就到福州周边露营徒步，长一点的假期就买张火车票往浙江、安徽、江西跑。看过这几个省份的乡村，他发现最喜欢的还是老家的传统闽南乡居。从大三开始，每每有假期，他就都回到了安海。每天仍旧是扫街拍照，可他发现这几年的旧城改造中，许多老建筑被拆除，碑刻保护不当正面临风化危险。

"也许我不能阻止时代变迁，但我可以选择用自己的方式留住旧时光。"刚满 20 岁的许著华，拿着一张 1938 年的安海地图，揣着相机，漫步安海街头巷尾。拍照、画速写，他想要把安海的老街巷、文物古迹保存在影像上。三年素材积累，他对这个镇上每个角落的碑文、建筑、民俗店都了如指掌，单凭一张照片就可以猜得出其取景在何处。曾经的

欢喜做，
　　甘愿受。

乡下少年成了个地道的安海人，比许多世代住在镇上的居民都更了解这里。

可是对碑刻来说，这还不够。他和几位 BBS 上认识的有共同志趣的朋友，尝试用拓印的方式，把碑刻搬到纸上保存。靠着网络视频自学拓印知识和拓友切磋交流，他和朋友姜玉荣，在两年里走遍安海古镇疆界，搬着梯子，戴着头灯，不管深夜寒冬，坚持拓印了 200 多方碑刻。他选取了其中 150 幅拓片，在 2010 年整理编辑成《安平碑拓录》一书，它是安海古镇碑刻最完整的记录。

很长一段时间，许著华都以网名"孤行者"行走论坛。他所热爱的东西与时下年轻人的喜好确实不大一样。但是一个人的热爱不足以让这些文物保存下来，他想激发更多人对安海古镇的关注。

2010 年大学毕业前夕，许著华和当地插画家吴少鹏合作绘制的《安海手绘地图》红遍了泉州各大论坛。两人用漫画手绘的方式，把这几年来许著华拍下的安海老街搬到了地图上。白墙红瓦、燕尾飞檐的老建筑，隐身街角的手艺摊、小吃店，吸引了许多年轻人。第一批制作的 500 份手绘地图很快售罄，他的目的达到了：用好玩的传播方式，让更多年轻人喜欢老建筑老物件。他准备在第二版的手绘地图中设计"寻找石敢当""古厝精品游"和"传统小吃游"等旅游线路，希望以此为路径，让更多年轻人了解安海。

大学毕业后，许著华并没有急着找工作。他花一年时间，走访了安海镇的老手艺人和小吃摊，发表在当地媒体上。其间，他还在朋友的咖啡馆举办了自己的个人装置艺术展，展出的是 30 张安海老城区对比图片。他把每张已被拆迁的老建筑照片，用打火机烧成焦色，甚至设计成残缺状，希望激起更多人关注和爱护现有的老建筑。

城里的设计师又回归了乡村的老手艺

一年的自由撰稿生涯结束，他还没想好该往哪里去，就被朋友介绍进了一家设计公司工作。他做着专业对口的工作，却感觉不到生命内在的热情。但日子也还是这样过着，直到 2013 年农历八月二十三半夜，他被家人叫醒——他的爷爷因心肌梗死过世了。

许著华是家中长孙，与爷爷感情甚笃。他从爷爷身上学到了许多严谨而老派的做事方式。爷爷的仓促离世，让许著华深感生命无常。"人生何其短暂，应该把时间花在喜欢的事情上，留下点有意义的东西。"

第二年，他辞去工作，与在家乡的女友完婚。妻子完成学业后就开始经营了一家书店，打理两间店铺。许著华与妻子结婚后，也把书店的发展纳入到了文创的视野。

2016 年，刚好当地政府想要出版一本介绍当地文化特色的书籍，而他在过去的多年里，早就准备好了从文字采访、照片到物料保存的一整套素材。他精选了安海十项民间手工技艺，包括画灯、佛雕、琵琶、草编、藤轿、缠花、金苍绣、陶器、扎扫帚、打铁；介绍了十种传统特色小吃，如豆腐花、桔红糕、蓼花、碗糕、菜粿、牛肉羹、米粉、捆蹄、土笋冻、面线，深入采访手艺传承人，终于成书《守艺安平》（安平为安海古称）。书成之时，许多老师傅都想着把他收作弟子，把自家手艺传承下去。

他也感觉到当下的氛围与几年前已经大不相同。晋江市和安海镇政府开始重视和扶持本地文化产业，对有心做文创的本地文化人来说，这是极大的利好。但也面临一个新的问题。他们需要吸引的年轻人已经是90后、00后，这部分人对安海老城和传统文化已经没有完整的记忆。

◎灯笼

◎ Q 版石将军与安平桥白塔合影

怎么样让这一代的年轻人觉得传统文化是件好玩的事，愿意去分享、传承？他想到可以用时下流行的文创产品，潜移默化地去影响。

2016 年，他在安海组建了"石将军文化传播有限公司"。石将军原是安海本地的桥梁守护神，在民间一直流传着"南海普陀山不肯去观音，安海安平桥不肯去石将军"的美谈。他们打造了一组 Q 版石将军形象，作为公司形象宣传。同时开了"阿嬷的厝""石将军"等多个微信公众号，把许著华曾经累积的安海传统手艺和小吃店素材，又搬到了时下流行的新媒体上。

许著华说，对于传统文化，他有着无休止的热爱。用传统文化来创业，于他而言，就是把大学时代喜欢的事情继续做下去，做到极致，做到自己觉得可以有个交代才算是完结。早在大二时，他就把安海老城区的六处文物古迹制成明信片贩售。公司创建后，绘制了长达七页的"安平桥上的阵头"明信片，更新了第二版安海手绘地图，私人美食地图等文创产品。他又依此模式制作了梧林、晋江手绘地图和泉州美食手绘地图等30 多份地图，推出"跟着石将军去旅行"等旅游路线，制作了包括《守艺安平》图书在内的乡土文化伴手礼，吸引了《福建日报》、中央电视台等各大媒体的关注。

商人还是研究者？一场内心的交战

石将军和许著华吸引了大量眼光的同时，大批的乡土文化公司纷纷长了出来。只有少部分是和他一样有着当地文化积淀的文创工作者创办，还有许多是跟风投资或大资本加持的。石将军目前有六个员工，与他一人孤行时的状态已大不相同。他不只要思考如何让更多年轻人关注传统文化，还要考虑公司的整体发展方向。

烟越抽越凶。在文化人和商人之间，他很想找到一个平衡。"传统文化一定要找到一个可以自我造血的方式，不然就太悲哀了。"石将军接下了惠安旅游局的策划案，用安海模式打造惠安特色文化旅游。

但许著华不是一个喜欢重复的人。从事文化保存和文创工作多年，他尝试过写专栏、出书、制作明信片、手绘地图、装置艺术展、碑拓录、碑拓展等多种表达方式。但同一种传播模式他很少用两次。他也深知，文创能否成功，与文创工作者对一个地方的了解有多深、提供的思维发散有多广密切相关。只有吃透了本地文化，才能找出适切的思路。这之后，设计和操作便是水到渠成的事。

他需要从内在的热爱里，找到新的文创发力点。大学时候另一些无所事事的喜欢和搜集，再一次灵光闪现。

大二时，他看了一本《悲欣交集：弘一法师传》和濮存昕主演的弘一法师传记影片《一轮明月》。他把这本书和这部电影反复地看了几十遍，甚至到晋江南天禅寺皈依佛门、受斋戒，佛教的戒律直到如今都在他的内心形成约束。

2017 年，为了纪念弘一法师圆寂 75 周年，许著华在泉州西街筹划了一场弘一法师在泉州寺院留下的墨宝拓片展览。策展的过程中，他的内心越发骚动。他很想在弘一大师出家 100 周年，莅临安海弘法 80 周年之时，出一本弘一大师在安海相关事迹的书，可又怕精力分散，耽搁公司经营。

几番探查后，他决定在网上众筹出版《弘一大师在安海》一书，同时连接福建德化的陶瓷艺术家推出弘一法师圆具（出家）100 年纪念陶瓷塑像。弘一法师成为他做文创的下一个大 IP，他的公司之后又推出了

◎石将军团队组织沿海四镇美食行

弘一法师明信片、笔记本相关文创产品，弘体书法研习和书法相关文创产品，也是未来公司延伸文创的一个源头。

从安海本地传统跨到弘一法师在安海文创项目，许著华感觉到是时候走出安海了。他已经在着手准备"弘一法师在福建"项目，2019 年把公司搬到了一小时车程外的泉州。但是他的家人仍会生活在安海。

第一次走出安海去到福州，他真正发现了家乡之美。再一次出走安海，是他施加给自己的另一重挑战。这几年来，他忽然意识到自己的内心非常保守。虽说一直在尝试新的表达方式，但总是更倾向舒服安稳的状态。他的家族里，向来都是比较保守的做派，他希望自己能够有所突破，锤炼出更果敢一些的性格。

但在交谈中，他仍然透露出矛盾的一面。他坦陈，自己并不擅长做一个生意人。做文创的过程中，他最喜欢也最享受的就是做每一个策划案的过程，像升级打怪一样，做到自己最满意的状态才会舒服。他设想未来的理想生活状态，是可以更加任性地做自己喜欢的项目，闲暇时可以待在家中做文史研究。他很清楚自己目前做的都是经验性的研究，很想要去念个文史相关专业的硕士，系统地学习文史研究。

未来是做个文化生意人还是文史研究者？30 岁后的第一年，初为人父的许著华仍有犹疑。这也许是老派的他，迟来的青春期。无论内心如何交战，他至少可以这样说："幸运的是，现在所做的事情都是自己喜欢并乐意去做的，欢喜做，甘愿受。"

吴志轩 |

建设古村，让众人找回安顿心灵的家园

有些人对时间的感悟格外深。他们在经历此刻，又会把这一刻放进无垠的时间里去思量，思量此刻的意义。

吴志轩就是这样的人。带着儿子在江西婺源乡下生活，做一把木头剑，他已经预期到儿子成为父亲以后，回想到与自己相处的那一幕。

因为对时间格外珍重，所以在每个人生选择的关口，他都只秉持一个原则——我更喜欢哪一个，而不是哪份工作更稳定，收入更高，更受人尊重。2010 年，他选择辞掉企业高管的工作，回到老家江西，在婺源乡村修复古建筑，就是出于内心的热爱。如今，年逾不惑，他还能说一句："知道自己选择了一条艰难的路……不知为何，心中竟然有一丝喜悦！"

在不断的选择中了解自己

吴志轩说，一开始他也不知道自己喜欢的是乡村传统生活。

1997 年从东南大学土木工程专业毕业后，他有两个选择，进设计院或房地产行业。他觉得自己更喜欢跟人打交道，就去了地产业。工作三年后，发觉并不是很喜欢房地产，他辞职去读北京大学光华管理学院的 MBA。没有选在职，而是读了两年全日制硕士，因为比起知识的获得，在北大这样的校园里集中学习和熏陶的状态是他更想要的。

硕士毕业后，他在职业经理人和咨询师之间，又选择了后者，因为咨询师能够在短时间内接触企业的各个层面，快速学习，并且指向于解决系统问题，而不仅仅是按部就班地做一颗螺丝钉。在咨询公司两年多，他跳槽到了一家温泉度假公司。

在那里，吴志轩负责了一个文化旅游项目，第一次接触到了许多传统文化和传统手工艺，"传统文化很有意思，只是缺少一个好的形式"。这个"有意思"，引领着他进入了古建筑修复和古村度假领域。

吴志轩是南昌人，在距离市区二三十公里的郊区长大。山水田园的诗意和油菜花遍地的景象，对他来说是熟悉的日常。第一次到访婺源，他对人人称羡的田园美景没有感到多惊喜，反而是人与人之间的那种信任，超出了他的期待。他去访问歙砚手艺传承人裘国平，看见店铺卷帘

选择了一条艰难的路，
　　心中竟然有一丝喜悦！

门只拉下一半，柜台上随便摆着的一块老坑砚，可能就是成千上万的价格，但是裘国平完全不担心有人进来偷拿，因为"我们这里没有这种事情"。

2010 年，吴志轩和两位好友决定一起创业，修复古建筑，改做民宿，打造本土文化生活度假品牌尚逸轩。起点就选择婺源，除了这里已经是享誉全国的文化旅游胜地，更因为这里夜不闭户路不拾遗的民风。

当时婺源只有一两家高星级酒店，几十家一两百元一晚的商务酒店，还有诸多农家乐客栈。他们修复的第一栋老宅是清华镇花园村的九思堂，投入的成本和时间比预想的多得多。周围乡邻笑他们傻，修一栋破房子能建三栋新房。可吴志轩心里清楚，老房子才是乡村真正有价值的东西。

把时间花在感兴趣的事上

2011 年 10 月，婺源第一幢古宅民宿九思堂正式对外营业。在有着百年历史的老宅里喝茶、听雨、隔窗赏花，抚触百年徽雕，还有堂内的农耕机具，泛舟宅后小河，诗意质朴的徽州生活就在眼前。

九思堂的修复开放，可以说是婺源乡村旅游的分水岭，从观光式的乡村旅游，转变为深度的文化乡村体验。此后六年，吴志轩团队陆续在婺源和黟县的多个村子，修复了将近十座老宅，其中最年轻的也有 110

◎吴志轩团队决定后退一步，仅保留继志堂所在的虹关村集中发展

余年的历史了。

既然主打的是本土文化生活度假，宅子得是老的，生活方式是在地的，吃的菜是农家菜，除了几位创始人，其他工作人员都尽量聘请本地人，他们会介绍或带领客人体验本地民俗、民艺。每个堂有不同的徽文化主题，比如九思堂的乡土生活、继志堂的徽墨文化，他们还把务本堂做成了手艺工坊，游客们可以在专业手艺人的教导下，体验学习制作徽墨、歙砚、宣纸、印刷等。

这十年里，每个月基本上有 20 天，吴志轩都生活在婺源，余下十天在北京陪家人孩子，他称自己为新婺源人。肩上挑着 20 多个员工的生活，还有他们的创业目标，压力自然不小，每天要做的事也从早排到晚。可是他喜欢这样的工作方式和工作氛围，和村民喝茶，与游客聊天，去各村采风、拜访手艺人，参加各种民俗活动，他甚至和村民一起舞过草龙。"工作是生活的一部分，不能把人生的三分之一排除在兴趣之外。"

天气好的时候，他会起个大早沿着村子慢跑。6 月夏播，遇到老乡在田里拔草，他脱了鞋下田去帮忙，直到都干完才接着跑回家。村民们没想到做高端民宿的"吴总"也会干农活儿，他笑笑，"我做过的"。

吴志轩确实种过田。2015 年 3 月，他们团队劝说当地村民尝试改作不施化肥农药的生态农业，没有人同意，眼看着 6 月播种育苗的时节马上到了，没人做就自己动手来做。他们在花园俞家村的蓦然徽舍旁，

◎带领村民尝试生态种植

租了十亩地尝试古法种稻。稻种是他从省农科院求得的原生种，用猪粪鸡粪草木灰和菜枯饼代替化肥，不施农药。

村民们又一次笑他们傻，周边农田都打药，独这一块不打，稻谷肯定会被虫子吃光。三个月后收获，结果每亩收获了500多斤谷子，折合两百七八十斤米，村民说换成在以前，不打化肥农药能有这个收成相当不错了。收获的稻米被做成糙米，给各个老宅的游客煮粥当早餐，喝过的都觉得跟市面上卖的粥不一样，有米的香味。除了米，供给客人的蔬菜、肉类，他们都与当地有机种植的农夫合作，健康的食材才能留住客人的胃与记忆。

越是待在婺源，他越喜欢在乡下生活。每年暑假，他会带儿子在乡下过一个月。每到夏天，儿子也都特别期待，到乡下做许多城市里做不了的事。每天下午三点，儿子都喜欢在河里游泳，游满两小时才上岸。父子俩骑着自行车去观鸟，在天井里下棋，一起做一顿饭，享受每个年龄段不同的相处方式。

待在婺源，对家庭和孩子付出少，是他最大的遗憾。在有限的相处时间里，他希望激发孩子更多的主动性，陪伴他尽可能地去探索自己喜欢的事。"人的选择没有好坏之分，我希望他未来也可以按照自己喜欢的方式过活，做一个对社会有点贡献的人，这样一辈子就够了。"

深耕乡村精神家园

到婺源开第一家老宅民宿时，吴志轩 35 岁。不过五年，婺源地界上，出现了许多跟他们理念一样，体验活动也高度重合的民宿。同质化竞争导致经营出现很大困难，吴志轩感觉味道不大对，他喜欢的本土文化生活度假变得商业化、同一化。年届不惑，他也不想就此屈从，决定开始探索新的经营方式。

经过两年摸索，他们发现自己的客户群在婺源度假期间，感受最深的并不完全是那些民俗活动，更是清理河道和帮扶小学这类的活动。吴志轩理解到，现代人想要在旅途中找到的，并不仅仅是不一样的风景，

◎婺源乡村日常，和村民一起清理河道

而是一个精神家园。他们更注重自己可以为别人带去什么价值。

所以在 2017 年初，他们提出了从本土文化生活度假到本土文化生活家园的转向。只有两字之差，工作方式却变得有些不一样。从这一年开始，每个月的 10 号，他们团队工作人员一起出发，带着火钳、麻袋，沿着河道清理垃圾，有的村还需要出动竹筏清理湖面富集的浮萍。经过一年的坚持，他们得到了政府的鼓励和支持，婺源旅游发展委员会成立小组开展"垃圾不落地、婺源更美丽"活动，每个月的 10 号定为垃圾清理日，在全婺源范围内推广。2018 年 10 月开始，村委会和村民们也加入了他们的清理队伍中。

针对游客们的体验活动也变得不同，文化民俗不再是最重头主题，而是像本地人一样顺应四时地生活。春天赏花、摘野菜，抽竹笋，采浆果，在野外办个茶会，吃顿烧烤；夏天在溪水里抓鱼、摸螺蛳，顺带溯溪野营，晚上看萤火虫，吃溪水泡出来的冰西瓜；秋天去徽饶古道徒步，在村子夜跑观星；冬天起早去攀高看云海，露营看日出，舞板凳龙体验正宗婺源年味。

他们摸索着举办了各种文创、自然教育和公益活动，尝试与游客们建立更深的伙伴关系——共建伙伴，共建安顿心灵家园的同路人。到2018 年 11 月，他们发现，这一年多来，他们以为可以带动多个老宅所在的村庄一起发力，但实际上并做不到。他们决定后退一步，转让包括九思堂在内的几个老宅，把人手和金钱都集中到徽墨文化深厚的虹关村。

扎根乡村，共建家园，最重要的是当地人的理解和支持。从老宅修复到生态种植，吴志轩团队已经在村民心里播下了一颗文化自信的种子——旧的老的未必是过时的，反而是别人花钱也想来体验的。他们希望帮助村民把虹关村的豆腐坊、竹编坊、木工坊、手作粉丝店、特色养殖场等都挖掘打造出来，重新以手工体验和文创产品的形式，作为古村生活的主要内容。他还带着作家和联合国教科文组织官员走进虹关小学，捐书读诗，讲解宇宙故事和童话，想在孩子们的心中埋下勇敢探索未知的种子。吴志轩希望，未来能够引入公益组织和社会企业进村，让村民们接触更多现代理念，增长见识。

已在江西宝峰禅寺皈依的吴志轩，并不在意别人怎么评价他。有文化情怀的商人，或者文创工作者、乡村建设人，这些都只是外在形式，他做这些事只是因为当下的乡村生活虽然艰难且有许多麻烦，却让他快乐。他想按自己喜欢的生活方式过一辈子，也把这份快乐分享给更多人。在这个途中，他的努力让乡村和传统文化变得更好，还包含着他的一点私心。至少，让儿子把他看成一个值得效仿的追求生命价值的榜样。

蔡舒翔 |

古城的价值不只在建筑，
生活着的人才是它的灵魂

一整天泡在西街，爬上屋顶拍照片，敲开一户户人家的门，拉着老人们做口述历史，蔡舒翔其实也不清楚自己要记录什么、保护什么。她给这部纪录片取名《西街记忆》，后来成为泉州市政府资助的项目"看见西街"。

西街，是福建泉州市的一条古街，保留着自宋代以来的开元寺、古厝、洋楼。有些住户从清朝末年就世代居住在此。这条活着的历史街区，在许多古城居民眼中，却只是一条破破烂烂的街道。

蔡舒翔从小在古城长大，学建筑出身，曾在英国留学，又去了海峡对岸的台湾攻读博士。异地的文化生活经历，让她意识到传统的重要。她想快点行动起来，记录正在慢慢消失的西街传统生活。

住在西街的大部分是老人，年轻人多搬到了新城。很少有人看见西街的价值，街巷口的奉茶传统，开了几十上百年的药店、糕点铺、小手工作坊，再过些年也许便不复存在。古城即便保留着老建筑，却失去了真正的灵魂。

怎样留住这些传统，让年轻人也能从传统中，找到自己事业和生活的文化给养？她希望从古老的闽南文化传统里，找到新生的文化力量。

小城姑娘，在他乡看见故乡

蔡舒翔 18 岁前的人生都在泉州古城度过。她在这里出生，四岁的时候家里搬到开元寺东西塔后面。这两座有 800 多年历史的花岗岩石塔和古榕参天的开元寺是她的后花园。过生日拍照，春游，写生都是在这里。她幼儿园时期拍的照片，背景都是在开元寺，而不是家里。

小学四年级以后，他们一家搬到了南边，学校却在北边。她骑着自行车纵贯整座古城，街边的一草一木是她每天必经的风景。放假的时候，她也经常在小巷里探路。传统闽南建筑都是红砖白石，屋脊如燕尾一样飞入青天。街巷狭窄，建筑风格又相似，她边走边拿木棍在灰白墙上划下几道。迷路了，沿着标记就能走回家。隔一段时间回去看，她画的标记还保留在那些墙壁上。

　　泉州在 1983 年列入第一批全国历史文化名城名录，此后的 20 年古城都得到了很好的保护，基本没有什么变化。蔡舒翔回看童年时光，就像是作家木心诗中所写，"从前的日色变得慢，车，马，邮件都慢"。

　　最近的十几年，整个社会发展的节奏快起来，古城也在躁动中被快速开发。华侨新村前面的爱国路拓宽时，拆掉了沿街许多店面，砍了许多老树。她说不出的失望，少女的眼睛蒙上尘土。原来一座小城可以像是一个人的一部分，如此不可分割。古城不是她的标签，而是她的全部记忆。

　　2004 年，他们举家搬到了新城，蔡舒翔也去了邻近的厦门大学求学。她念的是建筑系，时常坐船去鼓浪屿写生，到厦港片区的老房子、旧船坞探访，日落黄昏时经常坐在路边吃一碗沙茶面。那是她记忆里改造前的厦港。后来她再回母校，重访厦港和鼓浪屿。海还是那片海，可没有了旧船坞和曾在这里捕鱼、开店的叔叔阿姨，没有了坐在路边画鼓浪屿洋楼的闲适，再热闹时尚的街市，她也无法产生情感的共鸣。她感觉自己失去了与一段青春时光的联结。

　　那时候她刚回国。青春记忆里的那条线，似乎又引着她回到了古城的窄巷里。

　　出发去英国读硕士前，她只知道自己想去寻找一种差异，和现在生活不一样的东西。本科念建筑的时候，她就常有疑惑，建筑怎样才能关联到人文，可是找不到路径。所以，在伦敦艺术大学，她选了偏艺术类的室内设计专业。

选择英国，是想去欧洲看看西方建筑史里提到的那些名建筑、名设计，亲眼看看建筑与历史、美术的完美结合。英国求学期间，一有假期她就往周边国家跑。那时候还没有触屏手机，手机地图也不发达。去看一个建筑，要提前在家上网做好行程的功课，把地图、到达方式等打印出来，跟着地图和手机上的指南针去找。

她就这样几乎走遍了欧洲，看到了许多不一样的东西。她特别喜欢东欧的一些小城市，比如爱沙尼亚首都塔林古城。虽然有一波波游客聚集在广场和市集，可本地人仍然住在里面。始建于中世纪的石头街道上，有居民在修自己的老爷车、在遛狗、在溜达，遇到熟人热情地打个招呼。登高到教堂顶楼，俯瞰整个老城区，古老的建筑和街道都保存完好，没有过度开发，本地人的生活也没有被游客挤压。商业开发和生活形态的平衡，给了蔡舒翔很深的启发。为什么泉州古城不能像它们一样，以一个独立完整的古城形态去接纳游客，而不是一点点地被商业开发侵蚀掉？

走向更大更广的世界时，她发现自己内心里趋向的并不是时尚繁华，反而是那些古老的东西。她看见了外面的世界与家乡的不同，关注的却始终是那些相同相似的部分。硕士毕业的时候，父亲叫她回家找工作，她没有犹豫就打包回了泉州。

听故事的人，在别人的故事里生出乡愁

在泉州师范学院美术与设计学院当讲师，蔡舒翔有机会自由设计课纲和教学，就带着学生走进古城。

那时她用的还是建筑设计系的方法，画建筑，拍建筑。直到后来去台湾读博士，她的视角才转向了社区营造和旧城再生，于是有了日后的《西街记忆》短片。

◎俯瞰西街

去台湾读书是 2014 年，工作了两三年后，她感觉自己的知识快被掏空。于是停职一年，去了台湾最好的大学台湾大学读博士。她就读的建筑与城乡研究所，早在 1970 年代就率先深入全台各社区，开展民众参与式规划，在社区营造、都市规划和地景建筑等领域享有盛誉。2015 年春天，她和同学进入台北南机场国宅一带，开始社区营造实习。

她被分到了社区居民访问一组，跟着社区的老人送餐服务员，走进许多老旧国宅，访问里头的居民。他们大多是这片土地上的异乡人——1949 年前后到台湾的国民党老兵，1980 年后嫁到台湾的大陆新娘，还有来自东南亚等地的外籍配偶。

那半年里，蔡舒翔和同学们几乎每天泡在南机场，散步、主动聊天、坐下吃饭。"当他们觉得你又烦又好笑的时候，才开始放下防备心。"蔡舒翔听到的故事里，有许多的不被理解和不被接纳。外籍二代的孩子常常被孤立，不敢去社区的公共空间玩耍；国民党老兵思念家乡，孤独终老，也没有机会找到大陆的亲人；外籍配偶之间也很难放下心防，发展出彼此信任的亲密关系。

实习课结束后就是暑假，她怀着满腔热情回到泉州。拉上同为泉州师院老师的洪丹阳，以及从师院毕业的学生刘晓建，带着摄像设备开始在西街社区做居民访问。先搭讪再聊天，直到居民们对打开的摄像机熟视无睹，她就这样花了好几个月泡在西街听故事。

在旧馆驿巷口免费奉茶 20 多年的黄惠兰阿嬷对她腼腆地笑: "一天天就这样做着,烧开水,倒开水,不知道在做什么。就是这样,做着做着就做下去了。"保和堂药铺在西街台魁巷开了百余年,祖屋是清朝道光年间修建的。药铺一代传一代,到现在已经传了第十代,传人之一陈建平将来想再传给儿子,"传了几百年的事情了,不可能说去放弃"。

84 岁的蔡耀祖是蔡舒翔初中同学的外公。蔡爷爷出生于菲律宾,七八岁时回到泉州住在西街,成年后外出闯荡。等到年老归乡,他放着新城里好几套房子不住,非得回到西街,改造已是危房的祖宅,和老妻住在里头。儿孙们都不能理解,为什么要住在这样一个交通不便,手机地图都找不到的地方。

"住在祖屋里,清晨醒来,好像还能听到以前人们穿着木屐走过石板街,街上小贩叫卖油条、碗糕的声音。"老人家已经不大记得眼前事,讲起六七十年前还是少年不曾离家的生活,却如在昨日。他的外孙看完访问,理解了外公的执拗,"因为他的根在祖屋里"。

蔡舒翔第一次切实体会到,她从小到大眷恋的古城究竟魅力何在。就是在这种不自知的人情和代代相传的乡愁里。

古城的未来，
不在文化而在于有文化责任感的年轻人

她想让年轻人也看到乡愁里的古城价值。

她和洪丹阳把学生们带到了街头巷弄里，拍建筑，做访问，了解闽南传统文化。除了短片《西街记忆》，他们策划了"看见西街"系列活动，学生们拍摄的西街主题影展，还操办闽南传统建筑再设计主题沙龙、都市再生主题茶话会。

年轻的眼光，青春的操作方式，吸引了许多本地年轻人前来。有一位姑娘看完短片，建议他们去采访她的父亲。后来，她父亲的故事被拍摄成了另一部记录短片《纸匠》。

◎ 2017 年 10 月，"匠人"系列展

◎ 2017 年 10 月，"重访 1926"展

2015 年，蔡舒翔偶遇从上海来泉州古城策划"润物无声"展览的潘陶团队。听说他们需要在展览上播放一部有关泉州的短片，她毛遂自荐，由此开始了与"润物无声"古城保护与微更新大展的缘分。

自 2016 年开始，她和洪丹阳、刘晓建组成"洄流在地青年行动小组"，以影像记录为主要形式，策划了几个展览系列，如"记忆：在地人文纪录片展映"、"匠人"系列、"一店一故事"系列，也设计了一些文化类展览，如"重访 1926""番客归来"。连续三年，"洄流在地青年行动小组"和泉州师院的学生们、古城的文创团队一起策划执行了许多古城文化创意活动。有传统的美术展、节庆表演，更多的是年轻人运用影像、声音、动画、光线等不同媒体和快闪行动，展示他们眼中的闽南文化和泉州古城。

蔡舒翔觉得，做展览对泉州古城的意义，不只是办了多少活动，吸引了多少人参加。形式和内容的多样固然重要，但展览的参与性是他们更看重的。"润物无声"系列展览，让许多年轻人有机会加入其中。正如她把学生们带进展览现场，她希望的是，学生们在做事中看见古城的价值。当他们回到与自己的生命相关联的地方，也能以新的方式去思考他们与故乡和传统的关系，生出对地方文化的责任感和自觉感。城市未来的活力，正系于有文化责任感的年轻人身上。

见人见物见生活，是这几年流行的古城文化遗产保护原则。不同于

◎让孩子们感受老手艺的魅力

Back to land, back to your heart

◎ 2017 年 1 月，闽南传统饭勺展

台湾自下而上的社区营造方法，大陆从自上而下的社区营造倡导，也在改变从官方到民间的态度。对待古城，人们不再执着于拆掉重建，年轻人也热衷于在古城里寻找机会。蔡舒翔的一位学生，参与过"润物无声"策展工作，也喜欢闽南铺镜文化，毕业后在西街开了一间民宿。

感受古城日渐散发出的活力，蔡舒翔却陷入了另一种担忧。几次文化大展后，西街的地价大涨，许多原有的传统业态和文创团队支付不起租金只能退出。取而代之的一些与古城关联并不大的奶茶店、餐厅。她很担心西街会变成下一个鼓浪屿。

更让她担忧的是古城记忆的断层。新一代的学生已经是 00 后，大多在电子屏幕前成长起来，对于生养他们的地方并没有许多深刻的联结。当她在课堂上和古城里讲述上一辈的故事时，学生们的眼中却看不到闪烁的光芒。"他们这一代还有家乡的概念吗？也许乡愁是不存在的，有一部手机就可以了。"

她带着这种新的危机感，和团队一起想办法适应。他们想拿出更具本土文化创造力的作品，吸引没有乡愁的一代年轻人，为本土文化和年青一代架设桥梁。其中，也有他们努力想找到的自我发展的价值。

王大欣 |

从美国回到广州，他热爱的不只是广府文化

王大欣看书有个习惯。看到有意思的地方，会停下来抄上一段。看书的进度很慢，但看和抄的时候，脑子都没有停止思考。

等到他出第一本广州本土文化绘本的时候，他用水彩画搭配文字，把那些老广州都不一定知晓的地点、建筑，描绘下来，然后做细部拆解详述。就像自己在做读书笔记一样，引导着读者去看去听老建筑背后的故事、细节里的文化意涵。

一本名叫《老广新游》的绘本，带给新老广州人对这座城市的全新了解。老广州以为自己对这座城市再熟悉不过，看过书才发现知道得多片面。新广州人把这本书当作了解广州的入门读物。

《老广新游》成了四个广州年轻人文化创业的起点，也成了王大欣从美国返回故土的落脚点。

移民的后代并不了解自己的来处

王大欣是土生土长广州仔。2000 年，刚满 18 岁的他和家人一起移民美国旧金山。和大部分 80 后一样，王大欣喜欢的是日本漫画、欧美流行文化，对外来文化充满热情和想象，对本土文化却没有概念。

到了旧金山，此地并不像他想的那样发达富有。上了语言学院后，他才发现，美国并不只有一种价值标准，而是有很多种不同的文化，非裔美国人、日裔、爱尔兰裔都对自己的文化有独特认同。反观自己，他对自己的来处并不了解。

那时，王大欣已经转到了旧金山州立大学读设计。选修课为了容易过，他选了自以为可以驾轻就熟的亚裔文化。没想到他所在学校正是北美研究亚裔美国人历史的重镇，课程设计层层递进。他读了大量小说、专业书籍，学习 19 世纪华人初到美国参与西部开发的历史，旧金山当地华侨组织与辛亥革命的关联，加州淘金热里"金山伯"的历史由来。当他把个人和族群放在世界历史的纵深角度来理解，才发现我们习以为常的名称、概念背后，都有一段不为人知的历史。

旧金山有北美最早最大的唐人街，当他意识到"什么东西都有前因后果"，唐人街里吸引他的就不只是好吃的餐馆，"中华会馆"这类近似宗祠的组织，对他也有了格外的意义。王大欣看待事物的眼光，好像

人都有自己的学习能力，不要把这个本能砍掉。

从那时候开始有了变化。

人来了美国，他的牵挂还留在国内。因为他当时的女友、如今的太太岑小可正在广州美术学院念书，隔一段时间他就要回广州一阵。两人合作开了一间工作室，画漫画、做设计，但没有想过自己做原创作品。一直到2008年，他们遇到了一套丛书——《岭南文库》，岑小可的爷爷岑桑是这套"岭南历史文化百科文库"丛书的执行主编。

他俩参加了这套书的封面重新装帧设计比赛，拿到了封面设计奖。打开这套书，发现里面包罗万象，既有古代文献，也有现代人对岭南历史的研究，如果读进去了，会觉得很有趣，但现实是大部分读者对这样的大部头都会望而却步，只有少部分研究者会去阅读。

怎样让这种地理历史文化的知识与普罗大众连接起来？王大欣想到，他们的画笔和设计思维，可以成为这个沟通的桥梁。他和岑小可拉了另外两个广州美院的同学一起，决定做一本普及广府文化的绘本。

回国创业，整理本土文化是第一步

他们的团队叫"大话国"。这四人在广州美术中学读高中时，经常对着模特一画几个钟头，老师不在，他们便一边画画一边"吹水讲大话"，因为思维跳脱、天马行空，岑小可和王大欣分别被封为大话国的国王和王后。

他们给自己的第一本绘本取名叫《老广新游》。他们的本意是推出一本游记，从他们几个广州土著的童年记忆里，遴选十条私家旅游路线介绍给读者。创新的不只是漫画和手绘的表达方式，还有他们看待广州这座老城的角度。

并不同于市面上个人游记、情绪散文式的记录，他们在每条线路上挑出独特意义的建筑物或文化风俗，详细介绍它们的前世今生、因果来由。比如说到广州的老房子，就少不了介绍骑楼，骑楼的设计、由来，为什么会在广州出现；广州独特的经商文化与广州人"吃早茶"的习惯关联等等。细腻的画风，画活了骑楼下的人生百态和浓浓广州情，老广州在书中找到儿时的记忆，新广州人看着有趣新鲜，对广州的感情更深了一份。

虽说四位主创都是广州土著，但很多历史背景，都需要一点一滴收集资料，梳理过后才能再作文化输出，呈现在纸上。他们也和很多广州人一样经历了这种心情：以为自己知道很多，做完功课才发现，原来还有很多不知道。2010 年，《老广新游》在广州南国书香节上首发，作为市面上唯一一本广州手绘城市旅游书，受到追捧，一直到现在还是许多人选择广州纪念品的首选之一。

王大欣也是在这一年彻底从美国回来创业。已经在美国住了十年的父母并不理解，但 28 岁的他已经打定主意，做好了准备。

回来以后，他就全心投入之后一系列广州文化的整理和开发中。《老广新游之老字号》是他们的第二本书。他们想要展现的，不是这些百年老字号的伟大和经久不衰，而是一段历史的横截面，让读者通过绘本穿越到它们的初创或黄金年代。

比如曾是广州地标的爱群大厦，由华侨陈卓平投资兴建。时值民国初年，支持孙中山革命的华侨希望回国投资，一雪在国外备受歧视的心情。爱群大厦选用的 Art Deco 风格，象征着人类工业革命的成功和文明的崛起。作为一家人寿保险公司，这种建筑风格会给人以信任和安全感，也是华侨对自己国家信心的展现。

收集建筑风格资料时，他们发现同一时期，上海的黄浦江边也建起了一座沙逊大厦（即现在的和平饭店），建筑风格相似，都有一个金字塔形屋顶。他们在书中提到这个信息，引导读者去主动查询资料，了解沙逊大厦背后的故事。王大欣看来，引导读者的好奇心，分享他们在消化和学习过程中的所思所想，正是文化绘本区别于普通绘本的重点所在。

采风观察、资料查询、文化背景整理、反复编辑讨论，看起来自由随性的文创团队，实际的工作过程是非常严谨的。这也跟他在美国学习的模式相似。从最初的四个人，到现在的十几个人，王大欣希望团队每一个人都有独立求知的思维模式，不人云亦云，更重要的是会提出问题。

能提出问题，才会有动力去寻找答案。

他希望读者也能意识到，不是别人说什么就信什么，只有经过自己的思考求证，研究清楚整件事情的前因后果，才能对某件事下结论。即便是他们经过长时间调研推出的作品，王大欣也只敢说是"忠实而不精确"地描述，因为他们的结论和情感都是基于自身的资料，如果有新的资料被发现，那么历史叙述就是别的样子。

保持对世界的好奇

许多做传统文化传播的人，很容易把自己代入到历史中，不自觉地有一种传承文化的使命感。当被问到"推广广府文化，是不是为了寻求自己的文化认同"，王大欣的回答是，"从来没想过把自己放在哪里"。

他像是打乱了一盒拼图的孩子，只觉得有好多东西要学习，只能了解一块拼一块。"看得越多，越不 sure（确信）。不是越学越有自信，只是越学越丰富，越有意思。（尤其当）某些东西改变了你对整件事的看法。"

在老字号之后，大话国团队陆续推出《广府童谣》《神游南越国》，以及广州城市手绘地图、明信片、挂历等文创产品。2018 年，推出新书《大话广府》，从挖掘广州本地文化，进一步挖掘整理广府地区，从百越族形成开始，逐渐与中原文化习俗相互沟通交流，及至后来形成特色鲜明的岭南文化。

做完《神游南越国》，他们就意识到，浅层而多样化的形式，才能到达更多人群。经过几年广州及广府文化传播和活化经验，他们建立了本土文化讲述者的形象。《老广新游》的英文名是 *Canton Talker*，广东或广府文化的讲述者。广州的各大图书馆、中小学和书店，开始邀请他们去给孩子们上课。

王大欣是个非常有趣的老师，从在广州开店的宜家，可以切入到 18 世纪曾三次远航到广州的瑞典东印度公司哥德堡一号商船。本土文化整理中积累的历史素材，经他的口娓娓道来，似乎与今日的生活也息息相

◎王大欣为学生们讲述广府地区节庆民俗

关。王大欣想要的正是这样的效果。他希望孩子们都能意识到，历史上发生的一切与现在的生活有所关联，由果溯因，是一种很棒的学习模式。

教育，成了他们不经意选择的一个发展方向。2017 年，老广新游和广州的九个非遗项目，在越秀区广府文化促进会的牵头下，共同成立了一家名为广府汇的公益机构，致力于让传统手工艺年轻化。2019 年，王大欣正式就任越秀区文化发展促进会会长，他们选择了教育而非文创作为发力点，出教材、做课程、培训师资。

让孩子们学习非遗文化，不是期待他们有一天成为非遗文化的传承人。他们要学的也不是广彩烧瓷、打铜壶，而是希望通过影像图画的学习，对这些非遗文化有个概念。为什么这些文化会出现在当时的广州，为什么广彩当时会流行世界，孩子们知道了自己背景文化的来龙去脉，就会自然而然产生一种文化自信而不是盲目的自豪。

保持对这个世界的好奇和学习的兴趣，也是王大欣对女儿的期待。他的女儿 Emmy 已六岁。养育她的过程，让他发现，好奇心是人类的本能。而很多时候，我们的家庭和学校教育，往往用粗暴简单的方式打断了孩子们的好奇心。

王大欣跟很多人讲过一个巧克力引发的阅读故事。Emmy 的身体不大适合吃很多甜食，所以他们会控制她少吃。有一次她喝到一杯热可可，发出了惊为天人的赞叹："爸爸，这是从哪里来的，怎么这么好喝？"

◎王大欣和女儿 Emmy 在顺德水乡

他没有简单回答这是从超市买的，而是和女儿一起开始找资料，从可可树的生长到怎么制成可可粉，再运输到世界各地的超市。当时不满五岁的女儿听得津津有味。

女儿生在美国，长在广州，平日里他们都尽量和她多说粤语。Emmy 已经会用中英文写自己的名字，可是王大欣并不期待她成为英语专家或本土文化专家。在他看来，把自己的文化和其他文化都放在同样重要的位置，对各种文化都能产生兴趣，并且有提出问题、寻求答案的能力，比小时候学到了什么更重要。"人都有自己的学习能力，不要去把这个本能砍掉。"

我曾问王大欣，从美国回来后选择广府文化作为创业基础，是不是也有一种寻根意识在引导。他说，不仅是根的意识，还有学习的乐趣在鼓励他更进一步。"看到了好东西，就想分享给朋友，为什么不让更多人知道呢？"

王求安 |

野生建筑师，关心的不只是乡村建筑

王求安走到哪儿，那群孩子就跟着他到哪儿。大柳树村在河北阜平太行山深处，村里难得看到外地人。孩子们的眼里充满好奇，就像童年时候的他。

王求安老家在湖南平江县，也是个革命老区、贫困县。在他十岁以前，村里最新鲜的事就是来了卖货郎，那些五彩斑斓的塑料玩具里，藏着他没有见识过的世界。

25 年过去，他成了一名建筑师，主持大柳树村安置房的建筑设计。孩子眼中同样的求知若渴深深地刺痛了他。他下决心做一所好玩的学校，让这里的孩子和城里孩子一样，有从建筑空间获得启发的机会。

他借鉴麦比乌斯环概念，设计了一个可以从一楼跑到屋顶，又从屋顶跑下来的学校。他说："在偏远山区，孩子们要遇到一个好老师需要极大的运气，这我帮不上忙。设计这个学校，至少让他们在课间 15 分钟，可以尽情奔跑，无忧无虑。"

自学建筑找到存在的意义

王求安也曾无忧无虑，漫山遍野地奔跑，不到天黑不回家。十岁那年，父亲因病去世，他一夜间长大。从读书起，他很少考过第二名，按老师们的说法，将来考个重点大学没有问题。他却早早意识到，读高中加上大学需要七年，这条路对他来说不现实。

初中毕业，他选择到岳阳师专美术系读了两年中专。17 岁，他就工作赚钱了。那时候他脑子里想的都是赚钱，接母亲去城里住大房子，享清福。1999 年冬天，19 岁的他背着五块钱一个的大蛇皮袋，和几位同学一路站到了北京。听说，那时候有人在北京画油画行画，一个月能赚五六千。

到了北京，住在四环外的农民房里。几个人一溜站着画画，有人画鼻子有人画眼睛，像流水线上的工人。这不是他喜欢的，于是去中央工艺美术学院（现清华美院）进修了半年室内设计。为了尽快独立，他找了份家装设计公司的活。可是当时的他内向，说话还有些磕巴，并不适

乡村是与城市完全不一样的地方，
能让你放松自在。

合。经同学介绍，他开始做展陈空间设计。这份工作需要强烈的策划设计思维，充满新鲜感，他这才感觉找对了路。

2000 年，国内的展陈设计方兴未艾。博物馆、科技馆的空间设计，汽车、游戏等各个行业的展台设计，每个单子都有几十个公司同时竞争。他的设计求新求变，几乎次次中标。21 岁，他带着七八个老家来的小徒弟做了个小工作室，跟不同公司合作竞标，在行业里做得风生水起，22 岁就在北京买了房买了车。那时候他就把母亲接到了北京，实现了幼年时的梦想。

20 出头的他留着一头长发，还染成了银色，开着豪车去谈业务。那时候他每天睡四小时，玩命画图。自信爆棚，听说谁三四十岁在北京有好几幢楼，觉得自己到那个年纪也能做到。每到年终，他也确实会买套房或者买辆车，像做业绩一样证明自己。

一直到 27 岁那年，他到上海替盛大网络公司做设计。他办公室隔壁就是盛大总裁陈天桥的办公室。陈天桥是当时的中国首富，身价近百亿。王求安在公司食堂吃饭，和他同桌的公司前台当时都身家上千万。他突然意识到，一味追求金钱这个方向错了，"就算再拼命还是赚不过有些人"。

王求安那会看着花了几百上千万做好的展场，不过十天就全数拆除。他突然意识到，哪怕这个行业再赚钱，到了 50 岁，他还是什么都留不下来，"没有痕迹，没有存在感"。

一路往前冲的绘画少年，陷入突然的迷茫，"过去的人生没有了任何意义，感觉要得抑郁症了"。他闲暇时会去潘家园古玩市场逛，看到了一本日本建筑师安藤忠雄的讲课笔记《连战连败》。呵，拳击手也能做建筑师！他想起家里一摞摞的国外二手建筑杂志。当个建筑师，做几栋传承百年至少 50 年的房子，也许是他想要的价值依存。

决定了方向，他先去欧洲游历了一年，一边学语言一边找机会上建筑学院。"太费劲了，学会一门语言至少要三四年，还得再读五年建筑学"，而他并不是想拿个学位，只单纯想学习怎么造房子。辗转打听到天津大学有个建筑学自考班，他果断回来，卖掉北京东四环的一套房子，解散工作室，把手机号码也更换了，跟以往的圈子全部断了联系，只有母亲知道他在哪儿。他不想给自己任何回头的理由。

村民才是乡建最重要的力量

2007 年到 2013 年，中国的大环境发生了很多变化。王求安只埋头在建筑学的领域里，上课的时候画图做设计，几个暑假分别泡在陕西、山西的古村，或者去欧洲看建筑大师们的设计。

2013 年学成毕业，他计划先找个建筑公司上五年班，积累一些建造和流程管理经验。上了两个月班后，他机缘巧合投中了一个政府精品酒店项目，辞职出来做公司。没有建造经验，只能硬着头皮上，王求安失眠了一个多月，陡生白发。最后这个项目因为政府政策变动，并没有施工。但他在准备的过程中，已经模拟了一遍流程。

等待政策松动的间隙，他去湖南浏阳的山里，帮朋友设计了一座庭院餐厅。餐厅采用中式设计，因为餐食本身有口皆碑，餐厅很快回本。五年以后他再回去看，发现这座庭院比建成时候还要好看，绿植、墙面都维护得更好。他意识到，要让建筑拥有生命力，支撑建筑本身的实业必须能持续经营。

进入建筑行业之初，王求安就决定只做落地建筑。半路出家，他不希望自己浪费时间，"只有落地项目才能检验我的判断是否准确，才有机会改正和吸取教训。"每一次工作，他都是奔着解决实际问题去的。而解决问题的关键，就是人。

每接一个案子，王求安最看重的都是合作方负责人的态度和能力。在浏阳餐厅的建设项目上，他遇到了湖南常德市西湖管理区的几位官员。对方几次邀请他去规划当地洞庭渔村渔民安置房项目。王求安决定接下案子，看中的是这群人解决问题的决心。而且和他搭档工作的渔村支部书记果断有魄力，处理村民纠纷时条理清晰有公信力。

让干部理解支持他的规划意图是第一步。第二步就是要争取村民的理解。王求安团队进入一个村庄，都会花一两个月调研，两年时间驻村工作。不只是当地的建筑文化、地理地貌背景调查，他们花很多时间跟村民一对一对谈，了解他们的想法和顾虑。河北大柳树村的村民渴望上楼，却还是念着有院子、地窖、农具房的好。王求安团队结合当地台地地形，设计了堆叠空间，把这些空间都还给了村民，还保留了当地平屋顶设计，方便村民晒谷收棉。

有些村民自建房项目，又是整村改造，要得到村民理解，自掏腰包支持就更加难了。接手常德洞庭渔村安置房项目时，王求安团队拿出的建筑方案依形就势，保留了省道两侧的两个大鱼塘，新渔村没有建在省道两侧，红砖白墙的建筑风格也不符合村民对石膏金漆罗马柱的期待。在当地政府官员支持下，他们组织几十位村民代表，坐着大巴考察了全国好几个美丽乡村成功项目。眼界大开的村民意识到，村子做好了不只能解决住的问题，还能带来经济效益。村民慢慢达成共识，要建一个和当地排排站的房子不一样的村子。

"在乡村做建筑，三分设计，七分沟通。"王求安认为，乡村是熟人社会，只要取得了村民的信任，后续的细节都好说。王求安遇到过许多不能理解他的设计意图，蓄意破坏现场，甚至请律师、层层上访的村民。他觉得这些人和积极支持他们的村民一样，是要努力争取的。设身处地把他们的情绪解决，还要接受村民的反复，因为这些情绪背后都是中国农民的不安全感。"他们不怕吃苦，怕吃亏。"如果他们确认了施工过程透明，没有人从中渔利，改变还能带来好的前景，最终这些人都会反过来坚定支持他们的乡建。

从规划、建筑设计、景观和室内设计，甚至施工阶段也都全程参与，王求安把自己的乡村建筑经验总结为全流程设计。其实他还做了很多设计以外的事。2019 年 6 月，他牵线山东大旺村与鲁商集团签订合作协议。2018 年他规划大旺村时，就想到了鲁商集团的 500 亿打造 50 个齐鲁样板计划。为此做了大量背景调查，从规划到设计都围绕这个目标来，甚至主动带着方案去鲁商集团展示，争取样板名额。

外界把王求安定位成乡村建筑师，但他做的远不只是建筑。改造江西吉安一座银杏村时，他想到把这座古村打造成民宿村，把村集体和中国扶贫基金会"百美村宿"计划以及"隐居乡里"乡村旅游平台对接起来，共同运作。最近正在施工阶段的湖南鹤龙湖第一期村民自建房项目，他不但给村里设计了一条千米水街，用于日后的美食文创开发，还设计了一座私塾式的安全幼儿园，为吸引优秀人才返乡做准备。最近他还通过自己的微信公众平台，呼吁湘阴籍青年回乡自建房屋，参与家乡建设。

业内人士称赞他的务实，对流程的控制，王求安享受的是让项目落地过程中遇到问题、解决问题，不断"升级打怪"的成就感。2019 年初，王求安入围 2019 年 FA 青年建筑师奖。上海交通大学设计学院范文兵教授撰文，形容王求安是此次评奖中的一匹黑马。认为他"非常懂得中国乡村各级体制运作及村民心理模式，踏实周详、点穴到位、方法精准地推动着不同地域的美丽乡村建设"，"努力在过程中创造融合了自上而下、自下而上需求的新的'野生专业语汇'"。

在两次采访王求安的过程中，我问了他许多关于社区营造、产业互动等方面的问题，他回答说近两年才听说过社区营造的方式与他的工作方法相似，他的习惯是把新方案中的问题全面解析后，找到国内最相近的案例带领村民去看。他先想到的是解决问题，等项目落地完成后，才会去阅读书籍，用新词语总结经验。在当下建筑设计高度分化的行业，王求安的乡建路子更近似"野生"。

把乡村建设得更像乡村

30 岁以前，王求安没有想过要回乡下生活。30 岁以后，他总是想起父亲留给他的那栋夯土房子，想着再学习实践几年，就要带着家人搬回去，一年只做一两个项目或单个建筑。愿意跟着他的公司同事，也想让他们轮流去湖南平江生活一段时间，感受乡村的生活方式。

做了浏阳的半山餐厅后，很多"土豪"朋友请王求安帮忙设计乡间别墅。刚开始他们想的都是怎么贵怎么来，从欧洲、东南亚买来昂贵的建材，准备做成豪华别墅。全程陪伴不说，还会把半生伧愫的故事都倾诉出来。王求安发现，他们每个人都想把毕生的梦想投射到这栋房子上。理解了他们的心理后，王求安不断劝慰、解释，并不是贵的才是好的，"符合在地特质，契合当下生活需求"，才是长久耐看的。很多人从这股大佬返乡的势头里看到了市场，王求安却看到了一股很大的力量。

王求安想起他在浏阳做项目时，曾采访当地的泥瓦匠、篾匠等手艺人。有一位大爷曾经是十里八乡有名的工匠，木工夯土都在行。大夏天的中午，他让王求安跟他到夯土做的老房子里坐着聊天，"那里凉快"。王求安问："既然老房子更舒服为什么新房子要做成砖混房子？"老人很无奈："因为大家都这么建。"

◎王求安采访老手艺人

　　改革开放后，农村青年到广东深圳等沿海地区打工，赚了钱回来第一件事就要把老房子拆掉，盖成铺着瓷砖的几层小楼，慢慢地村里其他人也都跟风建造同样的小楼。这样的房子在中国任何一个乡间都是主流。随着人们普遍富裕起来，早年进城打拼的富人想要回归乡间，他们的角色与明清时期的徽派商人近似。王求安想，如果能够从他们入手，在不同乡村建几座符合当地、当下特质的示范建筑，也许能改变这种"千村一面"的乡村风貌。

　　纵观王求安的每个建筑设计案，都努力贴合当地实际，做得更简朴自然。"把乡村建设得更像乡村"，是他的目标。这些年，他到访过欧洲、日本和中国台湾的很多乡村，但他发现即便是他用自己的审美改建过的村子，相比之下仍少了些什么。"缺少的是一种乡村的生活感，一种真正的乡村的生活方式。"中国乡村建设历经新农村、美丽乡村到现在的乡村振兴阶段，很多的概念被提出又被跟风，出现过全国上下效仿普罗旺斯做花海的场面。王求安在一阵风式的改造背后，看到的是中国农民的苦，他们的力量没有被看见和开发。

　　2019年初，河南修武县的县委书记郭鹏找到他，邀请他来做云台山风景区岸上服务区的改造。第一个项目就是当地17位农民主动提出的自建房改造。海归出身的郭鹏书记，提出了"全域美学"实践刚好符合了王求安"生活美学在乡村"的想法。这么多年，想到农村农民，人们一面想象着田园风光无限美好，一面又觉得农民生活得可怜巴巴。这都不是真实的乡村生活状态。

王求安举例说，修武县的自建房改造，原本大家争议的是要把民宿改造成什么颜色、用哪些建材。他和每个人沟通后，发现了这些人身上的独特性才是值得挖掘的。

马坤是岸上服务区村口一个小吃摊老板，每天都会骑着三轮车到当地广场上卖鱼板肠等特色小吃，对自己的手艺相当自信，提到做吃的就满眼放光、滔滔不绝。他有一栋三层小楼，本来想把一楼改成门面，另外两层自住。王求安给他提了一个"食宿"改造方案，在一楼建一个透明中央厨房，让客人们可以看着他制作美食，上门的客人可以选择跟他

◎改造后的马坤家

学做菜，住一天做一道菜，学一桌菜就得住一个礼拜。为此，他还设计了一个可以走上去的屋顶平台，傍晚时分可以坐在屋顶一边吃饭，一边赏云台美景。这个设计激发了马坤的信心。

喜欢搜集花草石头的张小伟，王求安就帮他就把这些收藏都镶嵌在墙面上，花草种在寻来的马槽里。喜欢玫瑰花蔷薇花的酸辣粉店老板娘，也如愿拥有了自己的空中花园……当这些人可以自信而有尊严地在乡村生活时，他们身上迸发的能量加上云台美景，将成为乡村真正的魅力所在。

王求安连着三年在改造平江老家的夯土房子，主体建筑不变，外面的设计也只做了青石墙堆砌。他其实有点等不及了，想趁着孩子还没长大，尽快带他们回去感受乡村生活，留给他们鲜活的乡村记忆。

"乡村是与城市完全不一样的地方，是能让你放松自在，可以倾注某些东西的地方。"长到39岁，王求安觉得小时候在乡村自由生长的经历，是他这辈子最大的收获。

林小熏 |

游学串联起城市与乡村，营造每个人的新故乡

林小熏一直很喜欢一张照片。

夏日湿润的黄昏，她穿着长裙，和几位友人走路去参加安徽黄山脚下的碧山精酿啤酒节。身侧是稻田和矮树，道路那头是层叠的群山。几人背影，信步从容，像是论语里描述的场景："冠者五六人，童子六七人，浴乎沂，风乎舞雩，咏而归"。

归，回家。第一次到访碧山，她就有回到家乡的亲切感。带着都市人的一身紧绷来到村里，她说自己就像茶叶泡进开水里，整个舒展开来。做了几年《碧山》杂志书的副主编后，她开发了早春游学项目，想要联系更多与碧山相似的小地方，发现当地价值，让更多城市人像她一样找到"新故乡"。

看到完整人生的可能性

林小熏第一次造访碧山，是在 2011 年的夏天。

微博上，策展人欧宁分享了碧山丰年庆的消息。当时艺术展览、庆典总体还是围绕着城市，她头一回看到乡村有举办类似的文艺活动。林小熏是个典型的文艺青年，长居上海看戏剧、展览，逛书店，在豆瓣分享最新心得。"那时候城市文艺越来越有点近亲繁殖的感觉，离原始的土壤越远、抽象，就越没有力量。"被乡村艺术的浪漫吸引，她和几位朋友自驾去了安徽。

三天的庆典，有当地丰年祭祀仪式，有展览，有演出和市集，让她最感动的是碧山祠堂里的一堂诗歌课。有诗人问现场的孩子："昨晚我在客栈休息，突然听到扑通一声，你们知道这是什么声音吗？"孩子们举手说，是石头滚进了池塘，是青蛙跳了进去。诗人启发，"能不能想象，是一颗星星掉进了池塘？"孩子们的嘴张得大大的。诗歌课结束的时候，有个小孩递了一张纸条过来，上面写着："从屋里出来 / 站在空空的祠堂里 / 我感到深沉。"

从碧山回到上海，走进生活了十几年的小区，她感到失落。邻居们都素不相识，而碧山村的村民却把家门向自己敞开。不久，碧山丰年庆的策展人之一左靖要到上海参观一个工艺项目，微博上私信邀请她一同

回到村里，
　整个人
　舒展开来。

去，行程结束后又请她写一篇文章介绍。林小熏把左靖的这种不设防理解为乡村气质。他们只是在碧山丰年庆之后的晚宴，经朋友介绍认识加了微博，甚至没有机会聊天。左靖只是看过她的微博，觉得她文笔很好，就邀请她共同加入当时正在做的《汉品》杂志，后来杂志改为独立出版的杂志书《碧山》。

林小熏曾在外企和互联网公司工作，做到小部门经理就不想再继续往上爬升了，后来辞职创办了公关公司，几年后因金融危机而解散。去碧山之前，她闲了好几年，不清楚自己要做什么，却清楚自己不想回到之前那种社会里的生活。

做一本跟乡村建设有关的杂志，"寻找重返我们传统家园之路"，她开始意识到自己过去的虚无。长久以来在城市原子化地生活，一个通过二手资料思考的人，只会抽象地理解事物，看不到身边的环境和自然，也就没有踏实扎根这一说。在碧山村，村头有人挑着水路过跟她打招呼，多来两趟村民就请你去家里吃饭，这一整个村子都是自然的，生活在其中的人也就舒服。

尤其是碧山村民钱师傅，人称"钱逍遥"，让她看到了一种完整生活的可能。钱师傅不只会务农、做木工，闲时还喜欢拉二胡，还会自己做二胡。小小的院子经他亲手打造，成了一个手工花园。林小熏说，看到这样活泼的不局限于一种身份的人生，她才意识到自己过去在城市的

◎钱逍遥

生活是扁平的。

也许是 O 型血的缘故，她在人生的前半段都只觉得，生活里的人都在主演自己的故事，而她仿佛是个观众，置身事外。因为站在槛外，就不明白生活、工作与自己有什么相干。碧山让她看到自己与他人的关联，想把自己的身心安顿在这片土地上。

组织城里人去乡村游学

开始编辑《碧山》杂志书后，林小熏就着手在碧山找房子，连着找了一两年都没找到合适的。后面几年，她曾经有机会打理碧山周边一家民宿，内心里一直跃跃欲试，却没有下定决心就此在村里住下来。

后来她渐渐明白，一件事情一直定不下来，说明她的内心并不是真想这么做。"我是一个已经被都市化的人，不可能完全回乡村去住着了，必须承认这一点。"她不会做饭不喜欢做家务，也没办法种一块地。离开了城市便捷的服务，回到乡村她没办法像别人一样感受到乡村的日常之美。

看明白自己"叶公好龙"的本性后，她决定去接受而不是把这当作缺陷。在城市也可以做跟农村农民有关的事。从 2012 年到 2016 年，她一直在上海以碧山上海支部的名义举办或参加各种活动，分享"碧山计划"和《碧山》杂志书的故事，既是编辑也是分享者。

在这期间，她去台湾采访民宿产业、日本越后妻有大地艺术祭，日本、中国台湾及大陆各地从事民艺复兴的群体。因工作而扩大的视野，让她看见并喜爱上了另一种艺术的存在形式——与生活紧密结合的活泼泼的艺术，或者说是有着艺术美感与创新力量的生活形态。

她也越加明白，真正让她感到愉悦的，不是文字的传达而是与人打交道的过程。在 2016 年前后，包括碧山在内的各个乡村建设群体也在发生变化，从原来的知识分子乌托邦式的清谈与实践，因为更多返乡年轻人的加入，向生活创业的面向发展。越来越多有趣的人聚集在小城市

◎碧山供销社

和乡村，还有更多的人，想要探索城市之外的新生活方式。住在城市却懂得乡村的林小熏，身边接收到越来越多希望彼此探寻的信息。

2017 年 2 月，碧山供销社举办开幕展。村里废弃的祠堂、半个世纪前的供销社旧址，经过左靖工作室和上海一家公司两年的设计改造，成为一个集销售、手工艺坊、出版、讲座和驻村创作功能于一身的经济文化空间。一位研究社区营造的朋友提出跟她合作开办一期碧山乡村游学，组织了 20 多个人一起到碧山看展，拜访网上有名的猪栏酒吧客栈、狗窝酒吧和先锋书店第一家乡村分店碧山书局。

林小熏带着众人进入村民姚师傅家小院，看他的摄影和书法作品。涉村中枧溪，在溪旁农舍主人钱师傅带领下，溪中汲水，院内煮茶，欣赏他用竹子树桩制作的家具装饰。两位师傅外号"姚浪漫""钱逍遥"，他们才是林小熏游学里最重头的内容。林小熏始终觉得，人是第一位的。当学员们从村民身上感受乡村生活的日常诗意与真实，就像她第一次到访碧山一样，感受到了自己与乡土的连接。

她发现，许多人可能一辈子生活在城市，但是没有故乡的人也会有乡愁。就像2013年制作《碧山02：去国还乡》专题中，钱理群先生所说的，"农村需要我们，我们更需要农村"。

这个早春二月发展出来的游学项目，跟不同机构组织合作，一年里走过了中国台湾和日本的多个地方，每次探访主题诸如日本阿尔卑斯艺

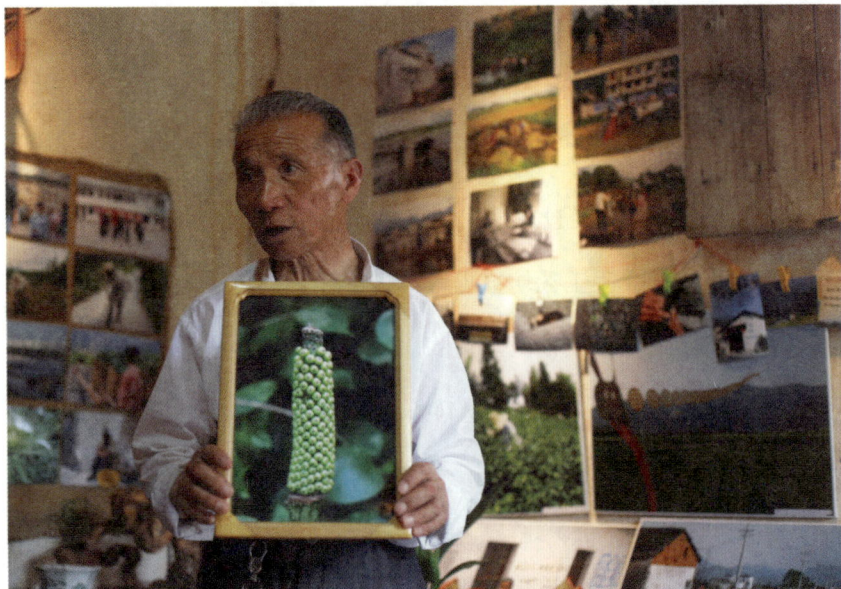

◎姚浪漫

术节、日本九州乡村营造与在地产业振兴、台湾本土文创新力量等，探访的都是在小地方做创造的人。而前去游学的，大部分是希望在观看别人的行动中，激发自己行动的人。在他们眼里，乡村和小城镇，蕴含着别处无法复制的多样性和本土性。

城市街区是否能发展出村庄般的人际关系

带着大家一起去玩，成了自己的事业，林小熏感觉找对了路。她原本就是很擅长"组局"的人，人送江湖外号"林局"。

做《碧山》杂志书时，尽管她开始看见更多的人和生活形态，但仍有一种旁观世界的感觉。开始投入游学以后，承担其中的成功与失败，她作为一个成长的个体与其他人产生了关联。"也许这世界上就缺我这样一个人去做一件别人都做不了的事"，在做事的过程中寻找自我，这是她过往生活中不曾有过的启发。

她利用早春游学平台做了很多尝试，读书会、在线分享、到市集摆摊，怎么好玩怎么来。"山民小菜场"是 2017 年末在上海市区一家服装店后院里开起来的生活市集。住在原法租界五原路附近的邻居、"城市山民"服装店老板娘的顾客和朋友们，既是摊贩也是顾客。他们带来了深山里的猪肉、散养黄牛做的肉酱，现场做的肉燕馄饨、糯米饭，自己酿的米酒，手作的藕粉米糕……天然的食材和热气腾腾的美食，圈起来的不只是买卖还有充满烟火气的人情。

林小熏的"早春风物"摊上，摆着她从云南喜洲背回的羊毛毡帽子和碧山新移民二代丁牧儿手工酿造的精酿啤酒。她非常喜欢这种真实世界的连接，是都市人久违的乡村生活的人情味。市集上的小贩顾客个个自诩"城市山民"，市集就像是村民们在村口相遇、交流的空间。"城中村""村式生活"在"魔都"渐渐成了一种时尚的生活方式。他们喊出了一句口号："有村的地方就是故乡。"

"城市街区是否能发展出村庄般的人际关系？"林小熏心里也没有答案，这可能是这个时代的人需要共同去探索的，这也是她觉得参与这个时代很有趣的部分。

一年后服装店迁址，"山民小菜场"宣告停业。大家都觉得很可惜，2019春节前夕，林小熏接续"山民小菜场"的市集传统，在上海办了两场早春乐事集。游学路上串联起来的人们，在年终岁末聚集在一起举办市集、买卖年货风物、喝茶吃饭、讲古写画，称得上是赏心乐事。林小熏很希望能够持续把乐事集办下去，让更多城市人一起来探索村式生活的可能。

尽管不知道未来的城市和乡村会发展成什么样，林小熏觉得，传统的城乡二元对立已经不再适应新的时代，至少在台湾和日本，她看到乡

◎ 临海游学

村社造和文创已经让乡村成为炙手可热的观光地。她想做的，就是把乡村以外的人带回去，联系起地方创新行动、本土新空间和城市社会转型下的人们，共同发现和创造小地方的价值，营造每个人的"新故乡"。

站在4月的临海东湖边，满眼翠色温润，林小熏突然意识到，自己一直觉得没有故乡，但这半生似乎也从未离开宁波祖籍地多远，她对江南的归属感正在慢慢复苏。

临海天台龙溪书院主理人卢震老师，带领过好几拨游学团体游览临海古城。在此之前，曾感伤过他的孤独，一群效仿黟县百工探访临海百工手艺的年轻人和一波波回访的学员，让他意识到他的故乡是回得去的，

◎山民小菜场碧山分部小摊

是一个有前途的地方。西安城中长大的杂志编辑小 A，在碧山游学时第一次体验到新乡村社区的魅力。一年后，"碧山供销社"在西安开了第一家分店，她应聘成了第一任店长。

刚开始做游学时，林小熏喜欢上了"乡愁经济"的提法，但她那时还只觉得乡愁是一种情怀，它产生了坚持的力量。后来她渐渐明白，乡愁就是经济，它在推动着生产力的发展。

早春游学正是林小熏基于乡愁创造的事业。在小地方务实行动的人，因为游学营的介入被越来越多人知晓；她的学员们也都在从游学中得到滋养和启发。她认为一个新时代的新生产方式可能就在乡村产生。在乡村，人的劳动时间和生命时间是一体的，生产方式和消费方式都充满人情味。里面的人走得出去，外面的人也能回得来，一种新型的乡村社区，比如碧山，已经在慢慢形成。

想明白了这些，她没有了任何遗憾，没有了文青时期那种待以时日去追寻的焦虑感。只需要安定地走在现在这条路上，至于通往哪里，并不重要。

后 记 |

每一个时代的逆行者，我们往往只看到了背影

过去的 100 多天里，病毒把全人类逼到了墙角，境遇不同的每个人都被迫待在家里，成了休戚与共的"我们"。一端，是危机；另一端，则是我们。全世界每一个人都思考着，个体的命运、个体的选择意味着什么？低头行走 20 年，是时候抬头看路了。

"乡"让我们回到关注每一个个体的愿望，讨论的是每个个体的生存方式。不论是"返乡"，还是在"择乡"的路上，我们都是同路人。这个时代的中国人及他们的后代，关于故乡的图景不再是村口的那棵大树和小溪流。当他们的心里一头是故乡，一头是努力留给孩子们的新故乡，怎样才能找到那份笃定的幸福感呢？

过去 20 年间，在中国的城市化进程中，有几亿人离开了自己的

家乡，走上了择乡之路。这对于附着在土地上几千年的中国人来说，是史无前例的。某种来自生命基因层面的不适应，波及了几乎每一个中国家庭，甚至让几代人之间，进入了某种应急的状态。经济发展快速带来了群体的焦虑，社会环境的变迁引发个体身份的焦虑。我们整体社会意识中的故乡和他乡、城市和乡村，已被视作二元对立的此岸还是彼岸。当有些人选择进城时，有一些人却选择了一条背道而驰的路——返乡。

循着桃子的视野望出去，我们把一个又一个返乡的形象，鲜活成了具体的人。

每一个人的人生，无非从生到死。全世界无论哪个地区、哪个民族，都在回答从哪里来以及到哪里去的问题。

回到故乡，既可以被认为是一种从城市到乡村的物理空间上的回归，也可以被理解为人生旅途中回归心灵的停泊与淡定，但更为深入的体会却直指我们族群底色——来自乡土社会的召唤。"故乡"对于我们来说，既回答了我们从哪儿来，又回答了我们要到哪里去。这个既是起点又是终点的空间指向，很是中国。也可以说，"故乡"更重要的不是作为空间的存在，更为本质的，是把宗族、社会、文化锚固在这片土地上的一个个鲜活的生命个体。当"乡土社会"的时间维度被放大到几千年来看时，每一个个体命运都很容易被层叠进历史的褶皱里，没有被看见。最熟悉的，又往往成了最容易忘却的。

"故乡"，并不是一个事关"人类命运"或是"公民意义"的宏大话题，但却是一个事关全体中国人的集体命题，是针对身份认同的、具体的、每个个人价值取向的话题。

这个世纪的第一个 20 年过去了。桃子写就的返乡故事在这个时间节点出版，让我们看到一个个逆行者清晰的面目，而不只是追寻他们的背影，正是这本书最大的意义。

潘 陶

于 2020 年 6 月 5 日

图书在版编目（CIP）数据

三十岁，回乡去 / 蔺桃著 . — 北京 : 东方出版社，2020.9

ISBN 978-7-5207-1622-2

Ⅰ . ①三… Ⅱ . ①蔺… Ⅲ . ①纪实文学—中国—当代 Ⅳ . ① I25

中国版本图书馆 CIP 数据核字 (2020) 第 129122 号

三十岁，回乡去
（SANSHISUI HUIXIANGQU）

作　　者：蔺桃
责任编辑：张洪雪
出　　版：东方出版社
发　　行：人民东方出版传媒有限公司
地　　址：北京市朝阳区西坝河北里 51 号
邮　　编：100028
印　　刷：北京图文天地制版印刷有限公司
版　　次：2020 年 9 月第 1 版
印　　次：2020 年 9 月北京第 1 次印刷
开　　本：710 毫米 ×1000 毫米　1/16
印　　张：17
字　　数：180 千字
书　　号：ISBN 978-7-5207-1622-2
定　　价：59.80 元
发行电话：(010)85924663 85924644 85924641
